U0921677

浪花朵朵

安野光雅插图珍藏本

长腿叔叔

［美］简·韦伯斯特 著

［日］安野光雅 绘

梅静 译

目录

令人忧郁的星期三

SAMPSON AND CO.

Six for 45s., 51s., 63s.

CALCUTTA FLANNEL.

A new material for

Shirts and Pyjamas,

does not shrink.

HOSIERS, GLOVERS, TAILORS.

All Goods marked in Plain Figures. Illustrated Price Lists.

FIVE PER CENT. DISCOUNT FOR CASH.

130, OXFORD STREET, LONDON, W.

(*NEAR HOLLES STREET.*)

每月的第一个星期三都糟糕透顶。你只能惴惴不安地等待这天来临，鼓起勇气挺过去，然后匆匆将其忘记。每层楼的地板都不能有半点儿污渍，每把椅子都得纤尘不染，每张床上都不能有任何褶皱。九十七个局促不安的小孤儿必须被梳洗得干干净净，穿上刚刚浆洗过的方格纹棉布衫。你还得叮嘱他们注意礼貌，理事一发话，就得回答“是的，先生”或“不，先生”。

那真是难熬的一天。可怜的乔若莎·艾伯特作为最年长的孤儿，不得不首当其冲地承受这一切。但跟往常一样，这个星期三终于也快结束了。乔若莎刚才一直在厨房为贵客们做三明治，这会儿总算逃出来，可以回楼上完成每天的例行工作。她要特别关照六号房。房间里十一张小床一字排开，住着十一个四至七岁的孩子。乔若莎把孩子们召集到一块儿，替他们抚平皱巴巴的衣服，擦干净鼻子，然后让他们乖乖排好整齐的队伍，去饭厅尽情享受半小时安宁的用餐时光，喝牛奶、吃面包和梅子布丁。

然后，她一屁股坐到窗台上，让突突直跳的太阳穴靠着冰凉的玻璃。这天早晨，她从五点起就忙个不停，被所有人使唤来使唤去。神经紧张的女监事李皮特夫人更是骂骂咧咧，一直在催她。私底下，这位夫人可不像面对来访的理事和夫人们时那样冷静端庄。乔若莎极目远眺，目光先是掠过一片结霜的宽阔草坪，接着又越过孤儿院高高的铁栏杆，然后沿着连绵起伏、零星散落着几座田庄的山脊一路往下，落在光秃树林间露出的村中尖塔上。

她知道，这天总算是圆满结束了。理事们和来访团成员已经巡视完毕，宣读了报告，也喝了茶，现在都忙着赶回自家温暖的炉火边。起码要再过一个月，他们才会再次想起这些需要自己照管的小磨人精。乔若莎倾身向前，好奇又渴望地看着一辆辆豪华马车和汽车驶出孤儿院大门，想象自己跟着车辆，前往山坡上的那些大房子——她身穿毛皮大衣，戴着饰有羽毛的天鹅绒帽子，靠在车座上，漫不经心地冲车夫嘟囔了一句："回家。"不过，在抵达家门口时，想象中的画面便越来越模糊了。

乔若莎很爱幻想，李皮特夫人曾跟她说，要是不当心，这些胡思乱想肯定会给她惹来麻烦。但无论想象力多么丰富，也无法带她穿过前门廊，走进那些梦寐以求的房子。可怜的小乔若莎尽管有颗充满渴望、勇于冒险的心，十七年来，却从未踏入任何一所普通人家的屋子。她无法想象不受孤儿干扰的那些人平日都是怎么生活的。

"乔若莎——

办公室——

有人找你！

我想，你最好

赶快去！”

刚加入唱诗班的汤米·狄龙边唱边喊，爬上楼，穿过走廊。离六号房越近，他的声音就拖得越长，也喊得越响。乔若莎把思绪从窗边收回来，重新面对生活中的烦恼。

“谁找我？”她急切地问道，打断了汤米的歌声。

“办公室里的李皮特夫人，
我看，她好像很生气。
阿——门！”

汤米虔诚地吟唱着，声音里倒并非全是幸灾乐祸。看到做错事的大姐姐要去办公室面对讨厌的女监事，即便心肠最硬的小孤儿，也会心生同情。何况，汤米还是很喜欢她的——虽然乔若莎有时候会一把拽住他的胳膊，或者差点儿把他的鼻子洗掉。

乔若莎皱着眉，一言不发地走了。她很纳闷，哪儿出错了？三明治切得不够薄？果壳掉进坚果蛋糕里了？哪位夫人瞧见了苏茜·霍索恩袜子上的破洞？还是……糟糕！是六号房里哪个胖乎乎的小家伙冒犯了理事？

楼下的大厅没开灯。乔若莎下去时，最后一位理事还站在敞开的大门前，准备去门廊乘车离开。乔若莎匆匆一瞥，只觉得那位先生很高。他正冲等在弯道上的一辆车招手。车飞快驶来，刺眼的车头灯把他的影子清晰地印在大厅墙上——胳膊和腿都被拉得老长，从地板一直爬上走廊墙面，看起来滑稽又怪异，活像一只摇摇晃晃、身形巨大的“长腿叔叔[1]”。

乔若莎立刻舒展眉头，露出一抹微笑。这姑娘生性乐观，任何小事都能让她开心起来。能从令人压抑的理事身上发现乐子，也是件意想不到的趣事。因为这段小插曲，乔若莎非常开心地走进办公室，见到李皮特夫人时还面带笑容。她吃惊地发现，女监事也在笑，即便并非发自内心，至少也显得和蔼可亲，那副表情几乎跟她接待来宾时一样了。

“坐吧，乔若莎。我有事跟你说。”

乔若莎在离她最近的一张椅子上坐下，静静等待着，紧张得大气都不敢出。一辆汽车从窗外疾驰而过。

李皮特夫人瞥了一眼远去的车，问道：“你看见刚刚离开的那位先生了吗？”

“看见了他的背影。”

“他是最富有的理事之一，为孤儿院捐了很多钱。他特意叮嘱我，不要透露他的名字。”

1. 幽灵蛛，一种腿又长又细的蜘蛛，别名为“长腿叔叔”。

乔若莎微微睁大了眼睛。被叫到办公室，跟女监事讨论理事们的怪癖，还真让她不习惯。

“这位先生对我们这儿的几个男孩很感兴趣。你还记得查尔斯·本顿和亨利·弗雷泽吧？他们都是借这位先生……呃，理事的资助，才进入大学的。两人都刻苦学习，用优异的成绩回报了如此慷慨的资助。这位先生从不要求其他回报，但到目前为止，他的慷慨只针对男孩。不管我多么努力，无论院里的女孩多么优秀，他都没对其中的任何一人产生过丝毫兴趣。我告诉你，他就是不喜欢女孩。”

“好的，夫人。”乔若莎喃喃道，仿佛觉得此刻非要做出点儿回应不可。

“今天的例会上，大家又把你的前途问题拿出来讨论了一番。”

李皮特夫人稍稍停顿片刻，才极其缓慢地开了口。如此慢条斯理的语调，让她的小听众顿时紧张起来。

“你知道的，通常来说，年满十六岁的孩子，就不能继续留在这儿了，我们却为你破了例。你十四岁便以优异的成绩完成了我们的课业。但我得说，你平时的表现可并非一直都很好。尽管如此，我们还是让你上了村里的高中。现在，你高中也快毕业啦，孤儿院当然无法再继续供养你。事实上，你已经比大多数孩子多留了两年。”

李皮特夫人忽略了一个事实：两年来，乔若莎每天都在为自己的食宿辛勤工作，永远都把孤儿院的事务排第一、学业排第二。而且，在今天这样的日子里，她还得一直待在屋里洗洗涮涮。

“我刚说了，大家又把你的前途问题拿出来详细讨论了一番。”

李皮特夫人向“被告席上的犯人”投去责难的目光。“犯人”也一副有罪的模样，倒不是因为她想起了什么极不光彩的黑历史，而是因为她似乎觉得自己理应如此。

“当然啦，一般来说，我们会替你安排一份工作，但你有些科目学得很不错，英语写作尤为出色。来访委员会的普里查德小姐也是学校董事会的一员，跟你的修辞学老师谈过后，她不仅在会上为你说了很多好话，还大声朗读了你写的那篇《令人忧郁的星期三》。”

这次，乔若莎倒真露出了愧疚的表情。

“我觉得，嘲笑为你做了这么多事的孤儿院，你真是不太懂得感恩哪。要不是你的文章还算有趣，我真怀疑大家是否还会原谅你。不过，你很幸运，那位……呃，就是刚刚离开的那位绅士似乎很有幽默感。因为这篇无礼的作文，他提出要送你去读大学。”

“读大学？”乔若莎瞪大眼睛。李皮特夫人点点头。

“他还留下来跟我谈了具体条件。要我说，这些条件真是太不寻常，这位先生也真古怪。他相信你有天分，打算

把你培养成作家。”

“作家？”乔若莎呆住了，只能重复李皮特夫人的话。

“他就是这么期望的。能不能成功，就得以后再看了。他要给你一大笔零用钱。对于一个从没管过钱的女孩来说，真是太多了。但这事他已经做出详细安排，我也不方便多说什么。今年夏天，你还是得待在这儿。好心的普里查德小姐会替你打点行装。住宿费和学费会直接付给学校，未来四年，你每个月的零用钱是三十五美元。这些钱足以让你跟其他学生平起平坐。那位先生的私人秘书会按月把钱寄给你，作为回报，你得每月写一封感谢信。你不需要感谢他的资助，他完全不在乎这个。不过，你要写信告诉他学业的进展情况和日常生活的各种细节，就像给父母写信一样。就当你的父母都还在世吧。

“抬头就写‘致约翰·史密斯先生’。所有信都由秘书转交。那位先生并不叫约翰·史密斯，他只是不想暴露身份。至于为什么会提出这个要求，是因为他觉得要培养写作能力，没有什么方法能比写信更合适。你没有可以通信的家人，所以他希望以这种方式追踪你的学业情况。他不会给你回信，也压根儿不会在意那些来信。他讨厌写信，并不希望你给他增加负担。如果发生必须回复的紧急事件——比如你要被开除，你可以跟他的秘书格里格斯先生联系。当然，我相信这种事应该不会发生。每月一封信是你必须遵守的义务，也是史密斯先生唯一的要求。所以，你一定要一丝不苟地写信，就像得按时付清账单一样。我希望，你不仅一直保持恭敬的语气，而且如实记录学业情况。别忘了，你是在给约翰·格里尔之家的理事写信。”

乔若莎热切地朝门口张望，已经兴奋得有些头晕目眩，只想赶紧逃离李皮特夫人那些陈词滥调，自己好好思考一下。她站起身，试探性地后退了一步。李皮特夫人却示意她留下。难得有机会这般滔滔不绝地训话，李皮特夫人才不会放过。

“如此难得的好事落到你身上，我相信，你一定会非常珍惜吧？像你这种出身的女孩，能拥有此等机会的可没几个。你必须时刻牢记……”

“好的，夫人，谢谢您！我想，如果您没别的事了，我还得去给弗雷迪·珀金斯的裤子缝块补丁。”

乔若莎关上门就走了，李皮特夫人盯着门板，下巴都差点儿掉下来。她的长篇大论都还没来得及说呢！

乔若莎·艾伯特小姐给长腿叔叔史密斯先生的信

我现在非常快乐

大学一年级时的信

第一封

致长腿叔叔史密斯先生
弗格森大楼 215 号

亲爱的送孤儿上大学的好心理事：

我终于到啦！昨天，我整整坐了四个小时火车！坐火车真有趣，不是吗？我之前还从没坐过呢！

大学真是我到过最大、最令人眼花缭乱的地方。一走出寝室，我保准迷路。等没那么晕头转向了，我再给您详细描述校园吧。我也会跟您汇报学业！下周一上午正式上课，现在是周六晚上。不过，我想先写封信，跟您认识认识。

给陌生人写信，感觉还挺奇怪的。对我来说，写信本身就是件奇怪的事。因为，我这辈子写过的信，加起来也不过三四封吧。所以，要是写得不够规范，还请您多多包涵。

昨天早上出发前，李皮特夫人非常严肃地跟我谈了一次话，告诫我后半辈子该怎么为人处世——尤其是对待施与我如此大恩的好心先生，我一定要非常尊敬您才行！

不过，对一个名叫约翰·史密斯的人，怎么尊敬得起来？您为什么不选一个稍微有点儿个性的名字呢？我还不如写信给“亲爱的拴马桩”或“亲爱的晾衣绳柱子”呢！

这个夏天，我想了很多关于您的事。过了这么多年，终于有人对我感兴趣，简直让我觉得又有了家一样。现在，我觉得自己仿佛属于某个人了，这种感觉真棒！但我得说，每次想起您，我的想象力似乎都没什么用武之地。我只知道三点：

1. 您很高。

2. 您很富有。

3. 您讨厌女孩。

我想，或许可以叫您“亲爱的讨厌女孩的先生”。只不过，这个称呼实在有点儿侮辱我。不然，就叫您“亲爱的富人先生”吧。但是，这么叫又有点儿侮辱您，仿佛您只有这一个重要特征似的。再说了，富有是多么外在的特质。或许，您也不能一辈子这么有钱，很多非常聪明的先生都在华尔街一败涂地。不过，至少您会一直这么高！所以，我决定叫您“亲爱的长腿叔叔”，希望您别介意。这只是个私人称呼，我们都别告诉李皮特夫人。

再过两分钟，十点的铃声就要响了。我们每天的时间都被铃声分成好几段。吃饭响铃，睡觉响铃，上课也响铃，真令人振奋，我整天都觉得自己像匹精神抖擞的烈马。

再见啦，该熄灯了，晚安！

瞧，多亏在约翰·格里尔之家受的训练，我多守规矩呀！

最尊敬您的

乔若莎·艾伯特

9 月 24 日

第二封

致长腿叔叔史密斯先生

亲爱的长腿叔叔：

我真喜欢这所女子大学，也喜欢把我送来的您。我现在真的非常、非常快乐，每分每秒都异常兴奋，几乎睡不着觉。您绝对无法想象，这儿跟约翰·格里尔之家是多么不同。我做梦都想不到，世上竟有这样的地方。我为每一个男孩和不能到这儿读书的女孩难过。我想，您年轻时上过的大学，也肯定没有这所好。

我的房间在一座塔楼里。学校修建新的校医院前，曾用这座塔楼当传染病房。同一层还住了三个女孩：一个是戴眼镜的大四女生，她总是让我们再安静点儿；另外两个也是大一新生，一个叫萨莉·麦克布赖德，一个叫朱莉娅·拉特利奇·彭德尔顿。萨莉一头红发，鼻子翘翘的，非常友好；朱莉娅来自纽约最显赫的家族之一，目前压根儿还没注意到我。她俩住一个房间，我和那个大四女生各住一个单间。单间很少，所以新生往往都没法儿住进单间。但我连要求都没提，就得到一间，估计教务主任认为，让一个正常家庭长大的女孩跟孤儿同住不太合适。您瞧，当孤儿也是有好处的！

我的房间位于西北角，有两扇窗户，视野相当好。跟二十个室友住了十八年，终于独自一人，这下可以休息一下了。这是我第一次有机会好好认识认识乔若莎·艾伯特。我想，我会喜欢她的。

您会喜欢她吗?

10月1日

第三封

学校正在组建新生篮球队，我有机会加入哦！没错，我个头是小了些，但行动敏捷；虽然瘦，却结实得很。其他人跳起来时，我就闪到她们脚下，把球抢走。下午在操场上练球真是太有趣了！周围的树木红黄相间，空中弥漫着焚烧树叶的味道，每个人笑啊，叫啊——她们真是我见过的最快乐的女孩！

我本想写封长信，向您汇报功课（李皮特夫人说，您想了解这些），但七点的铃声刚刚响了，我得在十分钟内换好运动服，准时赶到操场。您也希望我能入选篮球队吧？

您永远的

乔若莎·艾伯特

星期二

又及：

现在是晚上九点。萨莉·麦克布赖德刚刚探进头来，说："我好想家，真是受不了啦，你想吗？"

我微微一笑，说不想。这关我还是能挺过去的。至少，我不会害思乡病！从没听过有谁会想念孤儿院，您说是吧？

F
O
U
L

第四封

亲爱的长腿叔叔：

您听说过米开朗琪罗吗？

他是中世纪一位著名的意大利艺术家。英国文学课上的每个人似乎都知道他，我却以为他是大天使，结果惹得全班哄堂大笑。他的名字听起来挺像“大天使”那个词，不是吗？上大学的麻烦之一，就是人们总认为你应该懂很多东西，其实呢，那些东西你之前压根儿没学过。有时候，这种情况真尴尬。不过，现在女孩们要是聊起我从没听过的事，我就保持沉默，之后再去查百科全书。

开学第一天，我就犯了个大错。有人提到大作家莫里斯·梅特林克，我问：“她是否也是大一新生？”这个笑话传遍了整所学校。但不管怎么说，我还是跟班里其他人一样聪明——甚至比其中的某些人更聪明！

您想知道我是怎么布置房间的吗？主色调为棕色和黄色。墙是淡黄色的，我买了黄色丁尼布窗帘、黄色靠垫、一张只花了三美元的二手红木桌、一把藤椅和一块棕色地毯。地毯中间有块墨渍，我用椅子把它挡住了。

窗户很高，坐在普通椅子上根本看不到外面的景色。不过，我卸掉梳妆台的镜子，给台面铺上软垫，然后把梳妆台挪到窗边，正好跟窗台齐平。拉开抽屉，就能像踩着台阶一样走上去，真惬意！

萨莉·麦克布赖德帮助我在大四学生组织的拍卖会上买了几件东西。她从小到大都在家住，对家居装饰很在行。您可能无法想象，对于一个这辈子手里的钱都没超过几美分的人来说，拿着一张真正的五美元钞票买东西，还找回一些零钱，是多么有趣。亲爱的长腿叔叔，我向您保证，我真是太感谢您给的这份零用钱了！

萨莉·麦克布赖德真是全世界最有趣的人，朱莉娅·拉特利奇·彭德尔顿则恰好相反。教务登记员竟把如此不同的两个人安排在一间宿舍，真奇怪！萨莉觉得每件事都很有趣，甚至包括考试不及格。朱莉娅却觉得什么都很烦人，从未试着变得友善一些。她坚信彭德尔顿家的人一定能上天堂，根本不用再接受进一步的考验。朱莉娅和我真是天生的死对头。

我想，您一定等不及要听听我都学了些什么吧？

1. 拉丁语：第二次迦太基战争。昨天晚上，汉尼拔率大军在特拉西梅诺湖扎营。他们准备伏击罗马人。凌晨四点，双方打了一仗。罗马人败退。

2. 法语：阅读二十四页《三个火枪手》，学习第三组不规则动词的变位。

3. 几何：刚学完圆柱体，正在学圆锥体。

4. 英语：正在学写说明文。我的文风已经越来越简明清晰。

5. 生理学：学到消化系统。下次学胆和胰。

您正在接受教育的
乔若莎·艾伯特
10 月 10 日

又及：

叔叔，希望您永远别碰酒。酒非常伤肝。

第五封

亲爱的长腿叔叔：

我改名字啦！

名册上我还是“乔若莎”，但在其他场合，我就是“朱迪”。只能把曾经的乳名拿出来用，真可怜，不是吗？不过，朱迪这个名字也不是瞎编的。弗雷迪·珀金斯能流利讲话前，都是这么叫我的。

真希望李皮特太太给小宝宝起名时能多动点儿脑筋。我们的姓氏都是她从电话簿里选的。翻开第一页，您就能看见艾伯特这个姓。至于教名，更是她随处看来的。乔若莎这个名字来自一块墓碑。

我一直讨厌“乔若莎”，却很喜欢“朱迪”，虽然它听起来有些傻乎乎的。

“朱迪”这个名字应该属于某个跟我截然不同的女孩，那女孩有双甜美的蓝眼睛，深受家人宠爱，一辈子顽皮嬉闹，无忧无虑。当一个那样的女孩多好啊，不是吗？可惜，无论我犯下什么错，都不会有人说那是因为我被家人宠坏了！不过，假装被宠坏也挺有趣，不是吗？以后，请一直叫我“朱迪”。

您知道吗，我买了三双小山羊皮手套。虽然之前也从圣诞树下得到过连指手套，但拥有真正的小山羊皮五指手套，还是第一次。我时不时就要把手套拿出来戴一会儿，才能忍住不将它们带去教室。

（打铃了，再见。）

星期三

第六封

叔叔，您知道吗，英语老师说我上次的作文很有新意。她真是这么说的，千真万确！想想我过去十八年所受的教育，似乎不太可能得到这样的评价，对吧？您肯定知道，也会衷心赞同：约翰·格里尔之家的目标，就是把九十七个孤儿变成一模一样的人。

我这份不同寻常的艺术天赋，是小时候用粉笔在门板上画李皮特夫人练出来的。

我这么批评童年的家，不会让您难受吧？但主导权一直在您手上，我要是太无礼，您随时都能停止资助。这话说出来的确不太礼貌，但您实在不能指望我多有教养。毕竟，孤儿院又不是培养淑女的地方。

叔叔，您知道吗，上大学最困难的不是学习，而是怎么玩。有一半的时间，我都不知道那些女孩在聊什么。她们的笑话似乎总跟过去的某段共同经历有关，只有我对此一无所知。我成了这个世界的外来客，完全听不懂她们的语言。我一直都有这种感觉，真是糟透了！上高中时，其他同学站成一堆，就那么看着我。每个人都知道，我怪异又独特。“约翰·格里尔之家”这几个字，仿佛真真切切地写在我脸上。然后，几个好心人会故意走上前来，跟我礼貌地寒暄几句。我讨厌他们每个人，尤其是那几个所谓的好心人！

这儿没人知道我是在孤儿院长大的。我对萨莉·麦克布赖德说我父母双亡，一位好心的老绅士送我上大学。到目前为止，这些话都是真的。希望您别认为我是个胆小鬼，我只是真的想跟其他女孩一样。占据了我整个童年的可怕孤儿院，是我与其他人最大的不同。要是能彻底放下那段经历，再也不用想起，我或许还能跟其他女孩一样讨人欢喜。我觉得，自己跟她们之间并没有本质区别，您说是吗？

不管怎样，萨莉·麦克布赖德喜欢我！

您永远的

朱迪（原名乔若莎）

星期五

我刚刚又把这封信读了一遍，感觉语气似乎有点儿闷闷不乐。但您知道吗，周一早上我不仅得交一篇专题报告，还要复习几何。可我感冒了，不停地打喷嚏。

星期六上午

昨天忘了寄信，所以我要愤怒地再写几句话。今天早上来了个主教，您猜他说了什么？“《圣经》许给我们仁慈的承诺是：‘穷人永远与你同在。’世上有穷人，就是为了让我们保持仁慈之心。”

瞧，穷人成了某种有用的家畜。要不是已经长成如此完美的淑女，做完礼拜后，我肯定冲到他面前，把所有想法一吐为快。

星期天

第七封

亲爱的长腿叔叔：

我入选篮球队啦！您真该看看我左肩上的瘀伤，真是又青又紫，还有好多条橘色划痕。朱莉娅·彭德尔顿也想入队，但她没被选上。万岁！

您瞧，我心胸真狭窄。

大学生活感觉越来越棒了。我喜欢这里的女孩和老师，也喜欢那些课程，喜欢这所校园和这里的食物。我们每周可以吃两次冰激凌，从来不吃玉米糊。

您只希望我一个月写一封信，对吧？我却每隔几天就写信骚扰您！但这些新经历实在让我太兴奋，我必须要跟某人说说。而我只认识您。请原谅我如此精力旺盛，我很快就会平静下来的。如果这些信惹您厌烦，您随时可以将它们扔进垃圾桶。我保证，十一月中旬之前一定不再给您写信。

您最喋喋不休的

朱迪

10月25日

第八封

亲爱的长腿叔叔：

来听听我今天都学了什么吧。

正棱台的侧面积，等于两底面周长的和与斜高乘积的一半。

听起来似乎不可能，但我能证明，这个公式的确是对的！

叔叔，您还从没听我说过衣服吧？整整六件崭新漂亮的衣服，都是专门为我买的，不是某个大孩子穿剩的。您可能无法体会，对一个孤儿来说，这简直是里程碑式的经历。这些都是您给我的。我真是非常、非常、非常感激。接受教育自然很好，但还有什么事，能比拥有六件新衣服更令人欣喜若狂？谢天谢地，这些衣服是来访委员会的普里查德小姐替我挑的，而不是李皮特夫人——一条粉色麦尔纱丝绸裙（我穿上真是漂亮极了）、一件蓝色礼拜服、一件带红色面纱的晚礼服（面纱的饰边极具东方韵味，显得我很像吉卜赛人）、一条玫瑰红印花棉裙、一件灰色常服和一条平时上课穿的裙子。对朱莉娅·彭德尔顿来说，这几件衣服可能算不上什么，但对乔若莎·艾伯特而言——噢，天哪！

我猜，您现在肯定在想，真是个肤浅无知的小丫头，教育女孩真浪费钱!

不过叔叔，您要是这辈子只穿过方格纹棉布衫，就肯定能理解我的感受。上高中后，我的衣服连方格纹棉布衫都不如!

济贫箱。

您不知道，穿着济贫箱里那些糟糕的衣服，我有多害怕上学。我非常肯定，自己准会被安排在衣服的原主人身边。那女孩一定会咯咯笑着，指着我的衣服跟其他人窃窃私语。穿敌人丢掉的衣服真是太痛苦了，这种痛苦简直能侵蚀灵魂。就算余生一直有丝袜穿，我也永远无法抚平那道伤疤。

最新战报

来自前线的消息

11 月 13 日星期四凌晨四点，汉尼拔击败罗马人先头部队，率迦太基军队翻山越岭，进入卡西利努平原。努米底亚人的一队轻装步兵与昆塔斯·法比尤斯·马克西姆斯的步兵交战。两场战斗和一次小规模冲突，罗马人都节节败退，损失惨重。

您的前线特派记者

乔若莎·艾伯特

11 月 15 日

又及：

我知道自己不该企盼回信，也接到过警告，不能拿这样或那样的问题来烦您。但叔叔，我就问一次，您能告诉我您是很老很老呢，还是只有一点儿老？您是完全秃顶了呢，还是只有一点儿秃顶？凭空想象您的模样太难了，简直跟几何定理一样抽象。

讨厌女孩，却又对一个无礼丫头如此慷慨的高个儿有钱人，会长什么样呢？

敬请赐复。

第九封

亲爱的长腿叔叔：

您一直没回答我的问题，但这个问题真的非常重要。

您秃顶了吗？

我在画您的肖像。本来一切都进展得非常顺利，但画到头顶时，我就卡住了。我不确定该画白发、黑发、些许灰发，还是一根头发都不画。

随信附上您的肖像画。

我应该加些头发吗？

您想知道您的眼睛是什么颜色吗？它们是灰色的。您的眉毛像廊檐一样突出（小说里管这种眉毛叫“悬垂眉”）。您的嘴抿成一条直线，嘴角微微下垂。噢，我知道啦！您是个矍铄干练、脾气暴躁的老头儿。

（礼拜堂的钟声响了。）

12 月 19 日

晚上九点四十五分

我制定了一条雷打不动的规定：无论第二天早上有多少测验，晚上也绝不学习，只阅读。您知道的，因为已经荒废了十八年，现在我必须这么做。叔叔，您肯定想不到

DIEU
ET MON
DROIT

我有多无知。我也是刚刚才意识到自己的浅薄。大多数有正常家庭、住宅、朋友和图书馆的女孩自然而然就能知道很多东西。对我来说，那些东西却闻所未闻。比如：

我从没读过《鹅妈妈童谣集》《大卫·科波菲尔》《艾凡赫》《灰姑娘》《蓝胡子》《鲁滨逊漂流记》《简·爱》《爱丽丝梦游奇境记》，也没读过鲁德亚德·吉卜林的书。我不知道亨利八世结了几次婚，也不知道雪莱是个诗人。我不知道人类曾经是猴子，也不知道伊甸园只是个美丽的神话。我不知道 R.L.S. 是罗伯特·路易斯·史蒂文森的缩写，也不知道乔治·艾略特原来是位女性。我没见过一幅名叫《蒙娜丽莎》的画，也从没听说过夏洛克·福尔摩斯（您可能难以置信，但这的确是真的）。

现在，我不仅知道了上面所有东西，还知道了很多别的。但您瞧，我还有很多东西要补。噢，真有趣！每天，我都盼着快点儿天黑。一到晚上，我就在门口挂个“请勿打扰”的牌子，然后穿上漂亮的红浴袍和绒毛拖鞋，把所有靠垫都堆到沙发上，再打开手边的黄铜台灯，一本接一本地读书。读一本当然不够，我同时读四本书呢！现在在读的是：丁尼生的诗集、《名利场》、吉卜林的《平凡的故事》，还有《小妇人》。您别笑，我发现这所大学里，只有我没在《小妇人》的熏陶下长大。不过，这事我对谁都不会说，说了不就等于给自己贴上“怪人”的标签吗？我只是悄悄出门，用上个月剩下的一美元十二美分零用钱，把这本书买回来了。下次再有人提腌酸橙，我就知道她在说什么啦！

（十点的铃声响了。这封信真是被打断了好多次！）

第十封

先生：

我要很荣幸地向您汇报我在几何方面取得的新进展。星期五我们终于学完了平行六面体，开始学截棱锥体了。学习之路真是条崎岖难行的上坡路呀！

星期六

下周就是圣诞假期，大家打点行装的箱子一个叠一个，堆得走廊寸步难行。每个人都兴高采烈，早把功课抛到九霄云外。我也要好好放个假。得克萨斯州的一个新生也打算留下来，我们计划来场远足，如果有冰，还会学学滑冰。此外，还有整座图书馆在等我呢。整整三周，我都可以泡在里面！

再见，叔叔，希望您也像我一样快乐。

您永远的

朱迪

星期天

又及：

别忘了回答我的问题。如果懒得写信，可以让您的秘书发电报。他就写：

史密斯先生秃顶得厉害。

或：史密斯先生不秃顶。

或：史密斯先生一头白发。

您可以从我的零用钱里扣掉二十五美分电报费。

一月再见！圣诞快乐！

第十一封

亲爱的长腿叔叔：

您那儿在下雪吗？从塔楼望出去，整个世界白茫茫一片，雪花纷纷，片片都如爆米花一样大。现在是傍晚，太阳散发着清冷的黄色光芒，渐渐沉向更清冷的紫色小山。我高高地坐在窗边，借着最后一点儿亮光给您写信。

您给的五枚金币真令人惊喜——收到圣诞礼物好不习惯呀。您已经给了我这么多东西。我现在拥有的一切，都是您给的。所以，我真觉得自己不该再得到额外的礼物。不过，我还是很喜欢这份礼物的！您想知道我用这些钱买了什么吗？

1. 一个带皮套的镀银腕表，可以提醒我按时背诵。

2. 马修·阿诺德的诗集。

3. 一个热水瓶。

4. 一床旅行毛毯（我住的阁楼很冷）。

5. 五百张黄色稿纸（我打算尽快开始写作生涯）。

6. 一本同义词词典（以扩大作家的词汇量）。

7.（虽然不怎么想说，但我还是告诉您吧）一双丝质长筒袜。

好啦，叔叔，以后可千万别说我对您有所隐瞒。

您如果非要听，我就告诉您吧。其实，我的购买理由

SILVER KEYLESS EN

three-quarter plate

movement. compensatio

很浅薄。每天晚上，朱莉娅·彭德尔顿都会到我房间来做几何题，还老是穿着丝袜，盘腿坐在沙发上。不过，等着瞧吧，假期一结束，我也要穿着丝袜，坐在她的沙发上。您瞧，叔叔，我就是这么差劲，但至少很诚实呀！您早就从我的孤儿院档案里了解到我不完美了，不是吗？

简而言之（英语老师讲每句话前，都喜欢带上这个词），非常感谢您送我的七件礼物。我假装这盒礼物都来自加利福尼亚的家人。手表是爸爸送的，毯子是妈妈送的，奶奶因为老是担心我在这样的天气感冒，所以送来了热水瓶。黄色稿纸是弟弟哈里送的。妹妹伊莎贝尔送了丝袜，马修·阿诺德的诗集则是苏珊姨妈送的。哈里叔叔（小哈里的名字就来自他）送了词典。他本来想送巧克力，是我坚持要同义词词典。

您不介意一个人扮演所有家庭成员吧？

现在，我是跟您聊聊我的假期呢，还是您只对我的学业本身感兴趣？希望您能体会“本身”一词的含义，这是我刚学会的新词。

那个来自得克萨斯州的女孩叫莉奥诺拉·芬顿（这名字几乎跟乔若莎一样可笑，不是吗？），我挺喜欢她，但我更喜欢萨莉·麦克布赖德。除了您，我可能永远都不会像喜欢萨莉一样喜欢别人。我永远都最喜欢您，因为您就是我全部的家人。只要天气好，莉奥诺拉、我和另外两名大二女生就会去乡间散步，把附近都探索个遍。大家穿着短裙和针织衫，戴上帽子，手里拿着亮闪闪的小棍子，四处敲敲打打。有一回，我们走到四英里[1]外的小镇，进了一家餐馆。经常有女大学生去那儿吃饭。我们点了烤龙虾（三十五美分），还点了荞麦饼和枫糖浆作为饭后甜点（十五美分），真是又营养又便宜。

我们玩得很尽兴，尤其是我。因为，这样的经历实在跟孤儿院的生活大不一样。每次走出校园，我都有种在逃犯的感觉，不知不觉间就快把过去的经历说出来了。话到嘴边还要咽回去可真难。其实，我天生容易相信人。要是没有您这个倾诉对象，我肯定会憋到爆炸。

上周五晚，弗格森楼的宿管领着其他楼没回家的学生一起用糖浆做糖果。四个年级总共二十二人，其乐融融地聚在一起。厨房很大，石墙上挂着一排排铜锅和水壶。最小的蒸锅都有洗涤用锅那么大——毕竟弗格森楼平日里整整住了四百个女生呢。头戴白帽，系着白围裙的主厨拿来二十二顶白帽子和二十二条围裙——真不知道他是从哪儿弄来的。于是，我们也摇身一变，成了厨师。

虽然我见过更好的糖果，但自己动手做真是有趣极了。终于做完后，我们身上、厨房里和门把手上全都变得黏糊

1. 英里，英美制长度单位，1 英里合 1.6093 公里。

糊的。大家仍戴着帽子，穿着围裙，每人手里不是拿着把大叉子就是拿着勺子或煎锅，排成一列，大步穿过空荡荡的走廊，走进教师休息室。五六位教授和讲师正坐在里面，享受宁静的夜晚。我们唱了校歌，奉上点心。他们虽略微迟疑，但还是礼貌地收下了。接着，我们便离开了，留下他们大口大口地吃那些黏糊糊的糖果，吃得连话都顾不上说啦。

您瞧，叔叔，这就是我的求学生涯！

您不觉得我应该当艺术家，而非作家吗？

假期还有两天就结束了，我很高兴又能见到那些女孩。我住的塔楼有些冷清。能容纳四百人的房子眼下只住了九个人，大家都只得寂寞地出来闲逛。

我居然写了十一页！可怜的叔叔，您肯定会厌烦的！我本来只想写一封简短的感谢信，结果一动笔就停不下来了。

再见，谢谢您一直想着我。要不是头顶还有朵小小的乌云，我本该非常开心才对——二月有考试！

爱您的
朱迪
临近圣诞假期尾声
日期不详

又及：

用“爱”这个字眼或许不太合适，对吗？如果不合适的话，还请您原谅。但我总得爱什么人吧。鉴于只有您和李皮特夫人可选，亲爱的叔叔，您还是忍耐一下吧，因为我实在没法儿爱李皮特夫人呀！

第十二封

亲爱的长腿叔叔：

您真该瞧瞧这所大学的学生都是怎么学习的！我们已经把假期忘得一干二净。过去四天，我往脑袋里硬塞了五十七个不规则动词，希望它们能一直待到考试结束再走。

有些女孩一通过考试，就把教科书卖了。但我打算把自己的书都留下来。毕业后，我就把它们放进书柜，排成一排。如此一来，如果需要查阅任何细节，我都能毫不迟疑地直接找到，这可比把知识记在脑子里容易多了。

今天晚上，朱莉娅·彭德尔顿原本礼节性地顺道来访，却待了整整一个小时。她从家族开始聊，我根本没法儿转换话题。她想知道我妈妈的娘家姓。您听过有人向一个来自孤儿院的人问这种无礼问题吗？我没勇气说我不知道，所以只好可怜兮兮地说出脑中蹦出的一个姓——蒙哥马利。接着，她又想知道我属于马萨诸塞州的蒙哥马利家族呢，还是属于弗吉尼亚州的蒙哥马利家族。

她妈妈是鲁特福德家的人。那个家族可以追溯到诺亚方舟时代，曾跟亨利八世联姻。她爸爸的家族甚至可以追溯到亚当之前的时代。她家家谱最上面的那条分支，估计是一群皮毛光滑、尾巴超长的猴子吧。

今晚，我本打算给您写封优美、欢快又有趣的信，但我实在又困又因上述谈话而受了惊吓。大一新生的日子真难过。

正准备复习功课的

朱迪

考试前夜

第十三封

亲爱的长腿叔叔：

我要告诉您一个非常、非常、非常糟糕的消息，但还是待会儿再说，我要先让您高兴起来。

乔若莎·艾伯特的作家生涯正式开始！一首名为《从我的高塔上》的诗，即将发表在二月《月刊》的第一页。对于新生来说，这可是极大的荣誉。昨天晚上从礼拜堂出来时，英语老师拦下我，跟我说除了第六行韵脚稍微多了些，那真是首迷人的小诗。我随信抄了一份，说不定您也想读读呢。

让我想想，还有没有其他值得高兴的事。噢，对了！我正在学滑冰，如今已经可以自如地滑来滑去。体育馆的天花板上吊了根绳子。我还学会了如何顺着那根绳子滑下来。我也能跳过三英尺六英寸[1]高的横杆。相信要不了多久，我就能跳过四英尺高的横杆了。

今天早上，亚拉巴马州的主教给我们做了一场非常振奋人心的演讲。他的主题是："不要评判他人，免得被他人评判"。演讲围绕"宽容他人的错误"展开，建议大家不要苛责、打击别人。真希望您也能来听听。

---

1. 英尺、英寸，英美制长度单位，1 英尺合 0.3048 米，1 英寸为 1 英尺的 1/12。

这是今年冬天最晴朗、阳光也最刺眼的一个下午。冷杉枝头挂着一条条冰柱，全世界似乎都被厚厚的雪压弯了腰，除了我——我被沉重的悲伤压弯了腰。

好啦，该说那个坏消息了。勇敢点儿，朱迪，你必须说出来。

您确定现在心情不错吗？几何和拉丁语写作这两门课我没考及格。我正在上补习班，下个月补考。很抱歉让您失望，否则我压根儿就不会在乎。因为，我已经学到很多课堂上没有的东西。我读完了十七本小说和一大堆诗歌，比如必读经典《名利场》《理查德·费弗雷尔》和《爱丽丝漫游奇境记》，还有爱默生的散文集、洛克哈特的《司各特生平》、吉本的《罗马帝国衰亡史》第一卷和半本《本韦努托·切利尼的一生》。本韦努托·切利尼的人生真有趣，不是吗？他常常出门闲逛，有时还会顺便杀个人，再回去吃早餐。

您瞧，叔叔，我要是死啃拉丁语，肯定比现在蠢多了。如果我保证再也不挂科，您有可能原谅我一回吗？

您忏悔中的

朱迪

星期天

第十四封

亲爱的长腿叔叔：

这是本月中额外写的一封信，因为我今晚觉得特别孤单。外面风雨大作，学校里所有灯都灭了。但我刚喝了黑咖啡，还睡不着。

今晚我举行了一场晚餐派对，萨莉、朱莉娅和莉奥诺拉·芬顿都来了。我们吃了沙丁鱼、烤松饼、沙拉、乳脂软糖和咖啡。朱莉娅说她玩得很开心，留下来帮忙洗盘子的却是萨莉。

我本应用晚上的时间好好复习拉丁语，但我无疑是个非常懒散的拉丁学徒。我们已经学完提图斯·李维的作品和西塞罗的《论老年》，现在正在学《论友谊》（这名字听起来真像“该死的伊西提雅”[1]）。

我可以假装您是我的祖母吗？就一小会儿，希望您别介意。萨莉有祖母，朱莉娅和莉奥诺拉不仅有祖母，还有外祖母。今晚，她们就一直在那儿比来比去。这样的祖孙关系多美好呀，我多希望自己也有一位祖母。昨天去镇上，我看到一顶带淡紫色缎带的克鲁尼蕾丝帽。那顶帽子漂亮极了，您要是不介意的话，我想买来送您，作为您八十三

1.《论友谊》的拉丁语读音听起来像是英文中骂人的话。

岁的生日礼物。

哎呀！礼拜堂十二点的钟声响了！我总算困了。晚安，祖母。

深爱您的

朱迪

我正在学用拉丁语写作。之前在学，现在在学，将来我也会一直学下去。下周二第七节课补考，我要么通过，要么留级。所以，您完全可以预见，下次来信我要么欢欣雀跃、毫无烦恼，要么就是心已裂成碎片。

考完试后，我再好好写一封信。今晚我要抓紧时间复习独立夺格结构[1]。

您手忙脚乱的

乔若莎·艾伯特

3月15日

---

1. 拉丁语的一种语法形式。

第十五封

长腿叔叔史密斯先生：

先生，您从来不回答任何问题，也从不对我做的任何事表现出丝毫兴趣。您可能是那帮糟糕理事中最可怕的一位。您之所以供我读书，完全是出于责任感，而非对我有一丁点儿关心。

我对您一无所知，甚至不知道您的名字。给某个“东西”写信真没意思。我毫不怀疑，您肯定都没读过我的信，就把它们扔进垃圾桶。从此以后，除了学业，别的我什么也不写啦。

上周补考拉丁语写作和几何，两门功课我都顺利通过了，一点儿问题都没有！

您真挚的

乔若莎·艾伯特

3 月 26 日

第十六封

亲爱的长腿叔叔：

我真是个混蛋。请赶紧忘了上周那封可怕的信吧。那天晚上我很孤单、很难受，写信时喉咙还很痛。我不知道，我当时已经扁桃体发炎，患上流行性感冒等一系列疾病。现在，我已经住院六天。今天他们才第一次允许我坐起来，拿起钢笔写信。护士长非常凶。但我一直在想之前那封信，您要是不原谅我，我永远都没法儿好起来了。

我现在的样子就跟后面附上的那幅画一样：脑袋上缠了圈绷带，打了个兔子耳朵一样的结。

这模样有没有勾起您的同情心？我舌下腺肿胀。学了整整一年生理学，我还是头一次听说“舌下腺”这个词。教育真没用！

我得停笔了，坐久了浑身都在发抖。请原谅我的无礼和忘恩负义。我真是太没教养了！

爱您的

朱迪

4 月 2 日

第十七封

最最亲爱的长腿叔叔：

昨天傍晚，我坐在床上看雨，觉得医院的生活真是无聊透顶时，护士送来一个寄给我的白色长盒子。盒子里满是最最可爱的粉红玫瑰。更棒的是，里面还有一张措辞非常礼貌的卡片。卡片上的字迹虽然滑稽地微微向上倾斜，却显得极有个性。

谢谢您，叔叔，千遍万遍地谢谢您。这些花是我这辈子收到的第一份礼物。您知道吗，我像个孩子般扑倒在床上，喜极而泣，因为我真是太高兴啦！

现在，我可以肯定您的确读了我的信。以后，我一定会写得更有趣，好让它们值得被红缎带扎起来，放进保险柜。不过，请把那封可怕的信挑出来烧掉。一想到您读过那封信，我就难受得不得了。

谢谢您让一个疾病缠身、暴躁又可怜的大一新生转忧为喜。您可能有很多可爱的亲朋好友，所以并不知道孤独的滋味，但我知道。

再见。

我保证再也不乱发脾气，因为现在我知道您是个真实存在的人。

而且，我保证再也不拿各种问题来烦您。

您还是不喜欢女孩吗?

您永远的
朱迪
医院里
4 月 4 日

第十八封

亲爱的长腿叔叔：

我想，您不是那个一屁股坐到癞蛤蟆的理事吧？据说，当时那只癞蛤蟆“砰”的一声被坐爆了，所以，那应该是位比您胖的理事。

您还记得约翰·格里尔之家洗衣房窗子格栅后的那些小洞吗？每年春天，癞蛤蟆纷纷出来活动时，我们就会把它们捉来，塞进窗洞。有时，它们会蹦进洗衣房，在洗衣日引起有趣的骚乱。虽然常常因此受罚，我们还是乐此不疲地捉癞蛤蟆。

有一天，一只最胖、最大、最黏糊的癞蛤蟆不知怎的进了理事办公室，还跳到一张大大的皮制扶手椅上。具体过程我就不详细描述了，免得惹您厌烦。那天下午，理事们正在开会。我敢说，您当时肯定也在场。您还想得起接下来的事吗？

一段时间后再来冷静地回忆那件事，我觉得我们理应受罚。而且，如果没记错的话，大家受到的处罚也是恰如其分的。

我不知道自己为何会突然如此怀旧。也许是因为春天和重新出现的癞蛤蟆总能唤起我旧日的贪玩本性吧。如今，这里没有禁止捕蛙的规定，反而让我没有兴趣再去捉它们了。

星期一，第八节课

您知道我最喜欢哪本书吗？我的意思是说，现在最喜欢哪本，因为我隔三天就会换口味。是《呼啸山庄》！埃米莉·勃朗特写出这本书时还非常年轻，从没离开过霍沃思教堂庭院。她当时还没接触过男性呢，怎么会想出希斯克利夫那样的男主角？

我反正想象不出来。我也很年轻，除了约翰·格里尔之家，还没去过别的地方。我明明也具备了获得成功的各种条件呀！有时候，我也会害怕，担心自己并不是天才。叔叔，我要是没能成为伟大的作家，您会非常失望吗？春天到了，万物复苏，绿意盎然，一切都那么美，我真想丢开功课，跑出去尽享春光。田野里好玩的东西可多啦！亲身经历书中的故事，不是比写书有趣得多吗？

哎呀！！

这声尖叫把萨莉、朱莉娅（真讨厌）和住在走廊那头的四年级学生都引来了。其实，就是因为一条图上那样的蜈蚣，只不过更丑一些。我刚写完最后一句话，正想着接下来说什么，它就“啪”地从天花板上掉下来，落到我身边。我连忙闪躲，撞翻了茶桌上的两个杯子。萨莉抓起我

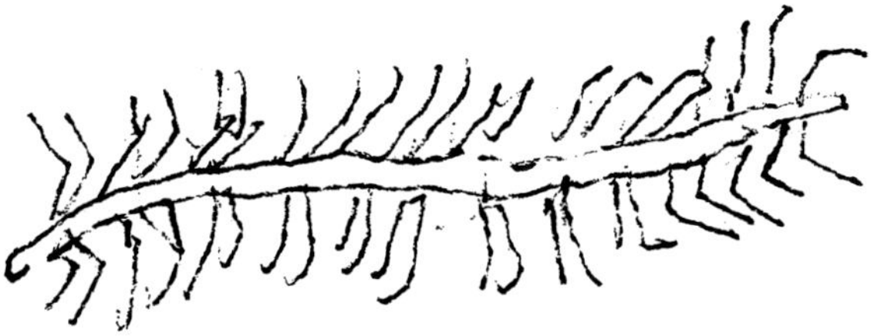

的梳子，用背面狠狠拍了下去。蜈蚣的前半截身子被她拍烂了，有五十条腿的后半截身子，却飞快地钻进梳妆台下，逃之夭夭。估计，我再也不会用那把梳子了！

这栋宿舍楼年代久远，外墙爬满常春藤，所以有很多蜈蚣。这种生物真可怕，我宁愿在床下发现一头老虎。

星期四，做完礼拜后

麻烦事真多！今天早晨，我先是没听见起床铃，忙着穿衣服时，又扯断了鞋带。然后，衬衫领扣又掉进了脖子里。我不仅吃早餐迟到，第一节朗诵课也迟到。我一张吸墨纸都没带，偏偏钢笔漏墨了。三角学课上，我又跟教授就对数方面的一个小问题起了争执。经过查证，我发现教授是对的。午餐吃炖羊肉和大黄，两样我都很讨厌，跟孤儿院里的食物一个味儿。邮差来了，却只带来账单（但不得不承认，我也没收到过别的，谁让我的家人都不爱写信呢）。今天下午的英语课居然是堂出人意料的写作课，内容如下：

我只有一个心愿，
其他别无所求。
我愿为此付出一切，
那无所不能的商人却露出笑意。

巴西？他捻弄着一颗纽扣，
对我不屑一顾。
夫人，除此之外，
今天就没别的可以展示？

那是一首诗。我既不知道作者是谁，也看不懂个中含义。

我们到教室时，它已经被写在黑板上。老师要求大家评论这首诗。读完第一节后，我觉得那无所不能的商人是位给好心人赐福的神。可读到第二节，看到他在捻弄纽扣，之前的猜测就有些亵渎神明，我只得连忙改了主意。班上其他人也一筹莫展。于是，大家整整呆坐了三刻钟，纸上一片空白，脑中也一片空白。求学之路真难熬！

但这还不算完，更糟糕的还在后头。

下雨了，所以我们没法儿打高尔夫，只得去了体育馆。结果，旁边那女生的体操棒结结实实地砸在我手肘上。回到宿舍后，我发现新买的蓝色春装已经装在盒子里送来了。可那裙子太紧，穿上后蹲都蹲不下去。星期五是大扫除日，清洁工把我桌上的所有纸都混在了一起。饭后甜点是“墓碑”（一种香草口味的牛奶冻）。因为一场关于“如何才能更有女人味”的演讲，我们在礼拜堂被多关了二十分钟。我刚松了口气，正准备坐下来读《贵妇画像》，一个脸圆得像面团、死气沉沉、向来蠢得要命的女孩跑过来，问星期一的课是从第六十九页开始上还是从第七十页开始，然后整整待了一个小时，刚刚才走。她名叫阿克利，因为姓氏首字母也是A，所以成了我拉丁语课上的同桌。李皮特夫人当年要是给我选个Z开头的姓，比如“扎布瑞斯基”就好了。

您听说过有谁会如此接二连三地倒霉吗?

在生活中，这些的确都算不上需要考验品格的大麻烦。如果真遇到什么毁灭性的危机，无论是谁，都能鼓起勇气应对。但在一天之内遇到这么多讨厌的小麻烦，还要一笑置之，我觉得那可真需要具备某种精神才行。

今后，我就要慢慢培养这种精神，假装生活只是一场游戏，我只需竭尽所能，娴熟并公平地参与。无论输赢，我都只会耸耸肩，一笑置之。

总之，我一定努力做个胸怀磊落的人。亲爱的叔叔，您再也不会听到我因为朱莉娅穿了丝袜或墙上掉下蜈蚣之类的事抱怨。

望速速回信。

您永远的

朱迪

星期五，晚上九点半

第十九封

亲爱的长腿叔叔先生：

我今天收到一封李皮特夫人寄来的信。她希望我举止端庄，努力学习。鉴于今年夏天我估计也无处可去，所以她希望我回孤儿院帮忙，赚点儿住宿费，直到大学开学为止。

我讨厌约翰·格里尔之家！

我宁死也不想回去！

您最诚实的

乔若莎·艾伯特

5 月 27 日

第二十封[1]

亲爱的长腿叔叔：

您真好！能安排我去洛克威洛农场过夏天，我真是太开心啦！我这辈子还没去过农场呢！我一点儿都不想回约翰·格里尔之家，把整个夏天都浪费在洗盘子上。如果回去了，因为已不再谦卑，我说不定还会做出一些可怕的事。比如突然大发脾气，把屋里的所有杯碟都砸了。

请原谅这封信写得如此短，因为正在上法语课，担心老师随时会叫我，我就不继续聊近况啦。

他果然叫我了！

再见。

我真的好爱您。

朱迪

1. 这封信原文含有大量法语。

第二十一封

亲爱的长腿叔叔:

您见过我们学校吗?(这只是一个修辞性的问句,请别在意。)五月的校园,真是跟天堂一样美好。所有灌木都开花了,树木都换上了最可爱的嫩绿色,即便是古老的松树,也显得鲜嫩清新。草地上缀满了点点黄色蒲公英,还有几百个穿着蓝色、白色、粉色裙子的女孩。人人欢欣雀跃,无忧无虑——因为假期就要到了。相比之下,考试还算得了什么?

这么想真让人快乐,不是吗?噢,叔叔!所有人中,数我最开心!因为我再也不用回孤儿院,不用当任何人的保姆、打字员或记账员(您知道的,要是没有您,我又得回去扮演那些角色)。

我为过去犯下的错误道歉——

我很抱歉曾对李皮特夫人无礼。

我很抱歉曾经扇了弗雷迪·珀金斯一个耳光。

我很抱歉曾经往糖罐里倒盐。

我很抱歉曾在理事们背后做鬼脸。

从此以后,我要做个温柔甜美、善待他人的女孩,因为我真是太快乐了!今年夏天,我要不停地写啊写啊,努力成为大作家。真是个崇高的目标,不是吗?噢,我正在培养一种美好的气质！虽然严寒和冰霜会让它有点儿萎靡，可阳光一旦普照大地，它又会迅速成长。

每个人的成长之路都是这样。我不赞同厄运、悲伤和失望才能锻炼意志的理论。快乐的人才能满溢幸福。我不喜欢厌世者（这词多棒呀！我刚学到的）。叔叔，您不是厌世者吧？

让我们回到“校园”这个话题。希望您能来瞧瞧，让我领着您到处转转吧。

我会这么跟您介绍：“亲爱的叔叔，这是图书馆，这是煤气房。您左边那栋哥特式建筑是体育馆，旁边那栋都铎罗马式建筑是新修的校医院。”

噢，当导游我可在行啦，毕竟已经在孤儿院干了一辈子嘛。今天我就做了一整天导游，真的！

而且，那人还是一位男士！

真是段不同寻常的经历。在此之前，我还从未跟男士说过话（除了个别理事，他们不算）。抱歉，叔叔，我虽然会调侃理事，但并不想伤害您的感情。我觉得，您并非真是他们中的一员，只是阴差阳错成了理事而已。我说的理事，都是那种一脸仁慈、又胖又傲慢、身上挂着金怀表、老爱拍别人脑袋的家伙。

他们都像金甲虫。不过，这是那些理事的肖像画，不是您的。

好啦，我们还是言归正传。

我和一位先生散步、聊天，还喝了茶。他叫杰维斯·彭德尔顿，是朱莉娅家族的有为青年。长话短说，就是朱莉娅的叔叔（或许我不该“短说”，因为他跟您一样高呢！）到城里办事，所以决定顺便来大学看看侄女。虽然是朱莉娅爸爸最小的弟弟，但朱莉娅跟这位叔叔并不怎么亲密。好像朱莉娅还是小婴儿时，这位叔叔瞥了她一眼，就断定自己不喜欢她，从此便再没注意过。

不管怎么说，他还是来了，端端正正地坐在接待室，帽子、手杖和手套放在身边。朱莉娅和萨莉第七节课是朗诵课，抽不开身，所以朱莉娅冲进我的房间，求我陪他逛逛校园，她下课后就来。因为不怎么喜欢彭德尔顿家的人，我有些不情愿，但还是礼貌地答应了。

不过事实证明，这位温文尔雅的先生是个实实在在的好人，根本不像彭德尔顿家族的一员。我们相处得很愉快。从那以后，我也渴望能有个叔叔。您介意假扮我的叔叔吗？我想，当叔叔总比当祖母好。

叔叔，彭德尔顿先生让我想起了您。他就像二十年前的您。您瞧，就算我们素未谋面，我也很了解您！

彭德尔顿先生又高又瘦，黝黑的脸庞棱角分明。最有趣的是，他虽然从来不笑，嘴角却总是含着笑意。他非常友好，尽管没相处多久，还是会让人觉得已经跟他认识多年。

我们逛遍了整座校园，从中庭一直走到操场，然后他说有些累，提议去校园餐厅坐坐。出了校门，就能看见松林路旁的校园餐厅。我说应该回去叫上朱莉娅和萨莉，他却说不想让侄女喝太多茶，免得更加亢奋。于是，就我俩去了。我们坐在阳台上一张精致的小桌边，喝了茶，吃了松饼、橘子果酱、冰激凌和蛋糕。餐厅很空，因为时值月末，大家的零用钱都没多少了。

我们玩得很开心！直到必须去赶火车了，他才匆匆回学校，见了朱莉娅一面。朱莉娅很生气我把她叔叔带出去，看来他是个很有钱、又很受欢迎的叔叔。知道他是个有钱人后，我总算松了口气，因为茶和点心每样都要六十美分。

今天早晨（现在是周一），邮递员送来三盒巧克力，分别给朱莉娅、萨莉和我。有男士送我糖果，您怎么看？

我开始觉得自己是个女孩，而非孤儿啦。

希望哪天您也能来跟我喝喝茶，我也好看看自己喜不喜欢您。要是不喜欢，那岂不是太糟糕？但我想，我肯定会喜欢您的！

好啦！送上我的祝福！

永远不会忘记您的
朱迪
5 月 30 日

又及：

我今天早上照镜子，发现脸上多了个酒窝。这东西以前可没有，真奇怪。您觉得，它是从哪儿来的呢？

第二十二封

亲爱的长腿叔叔：

今天真开心！我刚刚考完最后一门课——生理学，接下来的三个月，就要在农场度过啦！

我不知道农场是什么样子，这辈子还没去过呢（透过车窗看到的不算），但我肯定会喜欢那儿的，我也会爱上自由的感觉！

我还不太习惯去约翰·格里尔之家以外的地方。一想到这点，我就脊背发凉，浑身战栗。尽管觉得自己在这条人生路上已越跑越快，我还是忍不住回头张望，以确定李皮特夫人没有伸长胳膊在后面追赶，要把我抓回去。

今年夏天，我应该不用再提防任何人了吧？

您名义上的权威我一点儿也不介意，因为您离得太远，根本不会对我造成任何伤害。我会当李皮特夫人早就去世了一样，尽量不再想到她。农场的森普尔夫妇不会监督我的品行，对吧？不，肯定不会的。我已经完全长大，万岁！

好啦，我得停笔去收拾箱子啦。整整三箱茶壶、盘子、沙发靠垫、书等着收拾呢！

您永远的

朱迪

6 月 9 日

又及：

您可以看一眼我的生理学试卷，您觉得您能考过吗？

第二十三封

最亲爱的长腿叔叔：

我刚到农场，行李都还没打开呢。但我实在等不及要告诉您，我真是太喜欢农场啦！这儿真是天堂！房子是方方正正的老宅第，估计有一百多年历史了吧。侧面有个阳台，但我画不出来。正面还有个漂亮的门廊。我画的这幅画完全体现不出这里的美。那几株看起来像鸡毛掸子的东西是枫树，车道旁那些尖尖的东西是沙沙低语的松树和铁杉。房子坐落在山顶，放眼望去，碧绿的草地绵延数英里，一直伸向对面山脉。

康涅狄格州的地貌就是这样，起伏蜿蜒，如女子的波浪鬈发。洛克威洛农场正好坐落在其中的一个波峰。路对面本来有几座遮挡视线的谷仓，但老天好心地劈下一道闪电，把它们烧了个精光。

农场上住着森普尔夫妇、一个雇来的女工和两个男工。雇工们在厨房吃饭，森普尔夫妇和朱迪——也就是我——在餐厅吃。晚餐我们吃了火腿、蛋、蜂蜜、饼干、果冻蛋糕、馅儿饼、泡菜和干酪，还喝了茶。之后，大家聊了很久。我这辈子都没如此有趣过，无论说什么，都能把大家逗乐。我想，这是因为我从未到过乡下，所以问出口的所有问题都显得很蠢吧。

标“X”的那个房间可不是凶案现场，而是我的卧室。房间方方正正，又大又宽敞。屋里摆了几件可爱的老式家具。窗户也是老式的，得用棍子支起来。镶金边的绿色窗帘轻轻一碰，就会垂落下来。屋里还有张很大的红木桌。这个夏天，我就趴在上面写一本小说吧。

噢，叔叔，我真兴奋，恨不得马上天亮，好出去探险。现在是晚上八点半，我准备吹灭蜡烛睡觉啦。我们明天五点就起床。您经历过这么好玩的事吗？我真是朱迪吗？我都不敢相信啦。您和上帝给了我太多太多。作为回报，我必须成为非常、非常棒的人。您就等着瞧吧！

晚安
朱迪
星期六晚上
洛克威洛农场

又及：

您真该听听青蛙唱歌和小猪哼哼，真该瞧瞧那轮新月——我往右边一扭头就能看见！

第二十四封

亲爱的长腿叔叔：

您的秘书是怎么知道洛克威洛农场的？（这不是个修辞性的问题，我真的很好奇。）告诉您一个消息：这座农场曾经是杰维斯·彭德尔顿先生的，只不过现在被他赠给了自己的老奶妈。您听说过如此有趣的巧合吗？森普尔太太仍叫他“杰维少爷”，还说他小时候很可爱。她把他婴儿时期的一小撮鬈发存放在一个盒子里。那绺头发是红色的，或者说至少带了些红色！

知道我也认识杰维斯先生后，森普尔太太立刻对我另眼相看。在洛克威洛农场，认识彭德尔顿家的人，无异于出示了最好的介绍函。我要高兴地告诉您，杰维少爷才是整个家族的精英，朱莉娅一家属于家族较弱的一个分支。

农场上的生活越来越有趣了。昨天，我还坐了拉干草的马车。农场上有三头大猪和九只小猪崽，您真该瞧瞧它们吃东西的样子，真是一群猪呀！这儿还有一大群小鸡、小鸭、火鸡和珍珠鸡。如果一个人本可以住在农场，却偏要搬去城里，那真是疯了吧。

我每天的工作就是找蛋。昨天，我爬上谷仓阁楼的横梁，去一个鸟窝掏黑母鸡偷偷下在那儿的蛋，结果不小心摔下来，擦伤了膝盖。回来后，森普尔太太一边用药水替我擦伤口，一边不住嘀咕："哎呀！哎呀！杰维少爷也从那根横梁上摔下来过，擦伤的也是这边膝盖呢！想想看，这一切仿佛就在昨天。"

农场周围风景如画。有一道山谷、一条小河，还有很多林木葱茏的小山。远方还有一座高高的青峰，真是秀色可餐。

我们每周搅两次奶油，然后把做好的成品储存在石砌的冷藏室里。一条小溪从屋子下方流过。附近有些农民会用脱脂器，但我们不喜欢那些新鲜玩意儿。虽然在平底锅里搅奶油稍微困难些，但这些工夫都值得花。我们养了六头小牛，我还替它们都取了名字：

1. 西尔维娅，因为它出生在丛林里[1]。

2. 莱斯比亚，取自卡图卢斯笔下的同名人物。

3. 萨莉。

4. 那头模样普通的花斑小牛叫朱莉娅。

5. 朱迪，跟我一样。

6. 长腿叔叔。

您不会介意的，对吧，叔叔？那是头纯种泽西牛，性情温和。您看到我画的它时，一定会觉得我这名字起得非常贴切。

---

1. "西尔维娅"有多木的、栖于林中的含义。

我还没时间开始写我那本不朽的巨著，农场上实在太忙啦。

您永远的
朱迪
洛克威洛农场
7 月 12 日

又及 1：

我已经学会做甜甜圈啦!

又及 2：

您要是想养鸡，我推荐浅黄色的奥尔平顿种鸡。

又及 3：

昨天我做了新鲜的黄油，真希望能送您一块。我已经是个很棒的制酪女工了!

又及 4：

随信附上未来的大作家——乔若莎·艾伯特小姐赶牛回家图。

第二十五封

亲爱的长腿叔叔：

有件事特别有趣。昨天下午，我刚想给您写信，才写下抬头“亲爱的长腿叔叔”，突然想起答应过大家要为晚餐采些黑莓，于是我把信纸摊在桌上，就出门去了。今天回来时，您猜，我在信纸中间找到了什么？一只真正的“长腿叔叔”！

我轻轻拎起它的一条腿，把它放到窗外。我永远不会伤害这种小生灵，因为它们会让我想起您。

今天上午，我们乘着一辆轻便马车，去了科纳斯镇中心的教堂。那是座小巧可爱的白色尖顶教堂，正面竖着三根多立克式柱子（还是爱奥尼式？我老是把它们弄混）。

那场布道所有人听得昏昏欲睡，听众们懒洋洋地摇着棕榈叶扇子。除了牧师的声音，就只有外面树上的蝉鸣了。直到迷迷糊糊地站起来唱赞美诗，我才算清醒过来。真抱歉，我压根儿没听布道。不过，我很想知道选那样一首赞美诗的人，心里到底在想什么。诗是这样的：

来吧，抛开玩乐和尘世的消遣，
跟我同享天国的喜悦。
不然，亲爱的朋友呀，我将与你就此永别，

任你堕入地狱。

我发现，跟森普尔夫妇讨论宗教并不妥当。他们信奉的上帝（他们完完整整地继承了清教徒祖先们的信仰）是个卑鄙狭隘、不明事理、有失公正、报复心强又顽固偏执的家伙。谢天谢地，我没有从任何人那儿继承对上帝的信仰！我可以随心所欲地想象自己的上帝。他温和友善，富有同情心和想象力，既宽容，又善解人意，还很有幽默感。

我非常喜欢森普尔夫妇。他们的实际言行已经超越了理论对信徒的要求，本人也比他们信仰的上帝好多了。我把这个想法说出来后，两人简直吓坏了，觉得我在亵渎神明。但我觉得他们才在亵渎神明！从此以后，我们便再也不谈宗教这个话题了。

现在是星期天下午。

男雇工亚玛撒和女雇工卡丽刚刚驾车出去。亚玛撒系着紫领带，戴了双淡黄色的鹿皮手套，满面红光，胡子刮得干干净净。卡丽则戴了顶饰有红玫瑰的大帽子，穿着蓝色细纱裙，把头发绾成紧紧的小卷儿。

亚玛撒花了一早上清洗马车，卡丽没去教堂，表面上是留在家里做饭，其实是在熨烫她的细纱裙。

再过两分钟，等写完这封信，我就去读读在阁楼找到的一本书。那本书叫《追踪》，扉页上有一行歪歪扭扭

的字，是个小男孩的笔迹：

如果这本书到处乱跑，
就给它一巴掌，送它回家。
——杰维斯·彭德尔顿

男孩大约十一岁时曾在农场养病，所以把《追踪》落在了这儿。看来他读得很仔细，书里到处都是脏兮兮的小手印！阁楼一角还有一架水车、一架风车和几套弓箭。森普尔太太经常说起他，我都开始觉得他就真实地生活在这儿，不再是那个戴着丝绸礼帽、拿着手杖的成年男子，而是一个头发蓬乱、浑身脏兮兮的漂亮男孩。这个男孩会“咚咚咚”地爬上楼梯，从来不记得关纱门，总是嚷着要吃饼干，（依我对森普尔太太的了解，他肯定能如愿以偿！）男孩还似乎是个爱冒险的小家伙，既勇敢，又真诚。真遗憾他是彭德尔顿家的一员，他应该生在更好的人家才对。

我们明天开始给燕麦脱粒，到时候会准备好一台蒸汽机，还会多来三名雇工。

我要悲伤地告诉您，莱斯比亚的妈妈——那头名叫毛茛的独角花斑母牛做了件可耻的事。星期五晚上，它闯进果园，大吃特吃树下的苹果，结果醉了整整两天！这事千真万确。您听过如此丢人的事吗？

先生
我依旧是对您充满爱意的孤儿
朱迪
星期天

又及：

《追踪》第一章讲的是印第安人，第二章讲的是车匪路霸。我紧张得屏住呼吸。第三章会讲什么？卷首题写道：“红鹰一跃而起，足足跳起二十英尺，接着倒地而亡。”朱迪和杰维斯都读得很开心，不是吗？

第二十六封

亲爱的叔叔：

昨天，我在科默杂货店的面粉秤上称了称体重。我胖了九磅[1]！我隆重地向您推荐——洛克威洛农场真是一处疗养胜地。

您永远的
朱迪
9 月 15 日

1. 磅，英美制重量单位，1 磅合 0.4536 千克。

开始属于这个世界

大学二年级时的信

第二十七封

亲爱的长腿叔叔：

您瞧，我已经是二年级学生啦！我上周五返校，虽然离开洛克威洛农场很难过，但再见到校园还是挺开心的。回到熟悉的地方真愉快呀！在大学里，我不仅有了家的感觉，面对周围事物时，也有了自如之感。事实上，我终于感到舒适，觉得自己真的开始属于这个世界，而非仅仅被他人勉强收留。

我想，您肯定完全听不懂我在说什么。一个位高权重的理事，不可能与一个卑微的孤儿感同身受。

好啦，叔叔，听听下面这件事吧！

您猜，我跟谁成了室友？萨莉·麦克布赖德和朱莉娅·拉特利奇·彭德尔顿。真的，我们一人一间小卧室，但共用一间书房。瞧！

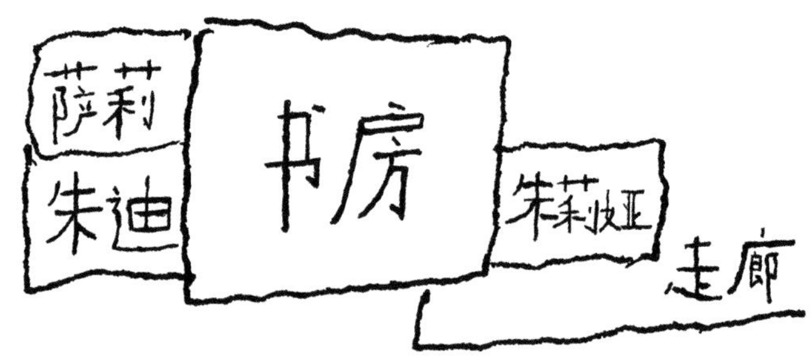

去年春天，萨莉和我就决定以后要当室友。朱莉娅也决定要跟萨莉同住，我真不明白为什么，她俩一点儿也不像呀！不过，彭德尔顿家的人天生保守，抵触（真是个好词！）改变。总之，我们住到一起啦。想想看，来自孤儿收容所——约翰·格里尔之家的乔若莎·艾伯特，竟跟彭德尔顿家族的一员住在一起。真是个民主的国家！

萨莉正在竞选班长，除非目前的所有征兆都是假象，否则她一定会当选。大家都在搞阴谋诡计，您真该来瞧瞧这种氛围，人人都成政客啦！噢，叔叔，我要告诉您，如果我们女人哪天要争取权利，你们男人就得留神别把自己的丢得一点儿不剩。选举日是下周六。无论谁获胜，当天晚上我们都会举行火炬游行。

我开始学化学了。这真是门陌生的学科，我之前从未接触过类似知识。现在在教分子和原子，但要等到下个月，我才能更清楚地跟您讲述这些东西。

我选了逻辑与论证课。

还有世界历史。

还有莎士比亚戏剧。

还有法语。

要是能一直这么学下去，若干年后，我肯定能变得相当博学。

我本来想选经济学，而不是法语，但我不敢。因为六月那场考试我都是勉强通过的，如果不继续选法语，我担心教授可能不会让我及格。老实说，我的底子真是太薄弱了。

班里有个女生说法语简直跟英语一样流利。她从小便跟父母出国，在女子修道院上过三年学。您可以想象，跟我们其他人相比，她显得多么出色。对她而言，学不规则动词就跟玩游戏似的。我小时候要是也被父母扔进法国的修道院，而非孤儿院就好了。噢，不，不行！那样的话，我或许就不能认识您了！相比学好法语，我还是更愿意跟您相识。

再见，叔叔。现在，我得去找哈丽雅特·马丁讨论化学作业啦，还能顺便跟她聊聊下一任班长的事。

您投身政治的

乔若莎·艾伯特

9 月 25 日

第二十八封

亲爱的长腿叔叔：

如果体育馆的游泳池里满是柠檬果冻，那试图游泳的人会浮在水面，还是沉下去呢？

大家在吃饭后甜点柠檬果冻时，有人提出这个问题。我们热烈地讨论了半个小时，仍然没有定论。萨莉认为她可以在果冻里游泳，我却非常肯定，即便世界上最好的游泳选手也会沉下去。但淹死在柠檬果冻里也挺有趣，不是吗？

我们还在餐桌上讨论了另外两个问题。

第一，如果一座房子是八角形的，那里面的房间该是什么形状呢？有些女孩坚持认为房间就是四四方方的，但我觉得它们的形状应该很像一块块馅儿饼，您说是吗？

第二，假设您坐在一个四面都是镜子的中空球里，那哪些地方只能照到您的脸，又有哪些地方只能照到您的背呢？这个问题我们越想越困惑。您瞧，我们休息时也会思考深奥的哲学问题呢！

我告诉您竞选的事了吗？虽然才过去三周，但我们的生活节奏太快，三周前的事，都像陈年旧闻啦。萨莉当选了，我们举着“麦克布赖德万岁”的横幅，进行了火炬游行。参加游行的还有一支十四人组成的乐队（其中三人吹口琴，另外十一人拿梳子假装口琴）。

如今，我们258室的成员都成了重要人物。朱莉娅和我沾了很大的光。和班长同住一个屋檐下，真是很有社会压力呀。

晚安，亲爱的叔叔。请接受我的祝福！[1]

您恭敬的

朱迪

10月17日

1. 从此句到这封信信末，原文均为法语。

第二十九封

亲爱的长腿叔叔：

昨天的篮球赛我们赢了大一新生。我们当然很高兴，不过——噢，要是也能打赢三年级队就好了！那样的话，我宁愿涂着金缕梅酊剂，又青又紫地在床上躺一星期。

萨莉要我跟她一起过圣诞节。她住在马萨诸塞州的伍斯特市。她人真好，不是吗？我很想去，除了洛克威洛农场，我这辈子还从没去过别人家里呢！（况且森普尔夫妇都是上了年纪的大人，没有我的同龄人，严格来说他们家也不算。）麦克布赖德家有一屋子的孩子（反正不是两个，就是三个），还有妈妈、爸爸、祖母和一只安哥拉猫。真是个完美又完整的大家庭！收拾行李出发，总比留在宿舍有意思多了。一想到接下来要发生的事，我就兴奋得不得了。

现在是第七节课，我得赶紧去参加排练啦。我参加了感恩节戏剧演出，演一个身穿天鹅绒紧身上衣、一头黄色鬈发、住在高塔里的王子。是不是挺有趣？

您的

乔若莎·艾伯特

11 月12 日

您想瞧瞧我的扮相吗？这儿有一张莉奥诺拉·芬顿替我们三人拍的合影。

那个皮肤白皙、哈哈大笑的是萨莉，鼻子翘上天的高个儿女孩是朱莉娅，头发被吹到脸上的小个子丫头是朱迪——其实，她本人比照片漂亮多了，只是太阳晃得她睁不开眼。

星期六

第三十封

亲爱的长腿叔叔：

前几天我本来想给您写封感谢信，谢谢您圣诞节寄来的支票，但麦克布赖德家的生活实在太有趣，我连一丁点儿坐在桌旁的时间都没有。

我买了件新睡袍，其实我并不需要，但就是想买。今年圣诞节，我收到了长腿叔叔寄来的礼物，至于其他家人，可能送来了隐形的问候吧。

在萨莉家，我度过了这辈子最快乐的假期。她家是座整洁的老式白砖房，背靠大街。还在约翰·格里尔之家时，我就常常好奇地张望那样的房子，想知道里面是什么模样。我从没奢望真能亲眼看到，现在却梦想成真了！一切都那样舒适、安宁，很有家的味道。我一个房间接一个房间地参观，细细品味所有装饰。

这真是养育孩子的最佳场所。有阴暗隐蔽的角落玩捉迷藏，有壁炉烤爆米花，雨天还可以去阁楼嬉戏玩耍。屋里的楼梯扶手都滑溜溜的，底部带个扁平舒适的把手。厨房宽敞明亮，厨师是个开朗友善的胖子，已经为这个家庭工作了十三年。他总会留一块生面团给孩子们烤着玩。仅仅看到这样一所房子，都让人想再当一次小孩！

至于这家人，我做梦都没想到他们竟如此友好。萨莉有爸爸、妈妈、祖母、一个三岁的妹妹、一个中等个头的弟弟和一个名叫吉米的哥哥。小妹妹满头鬈发，可爱极了。小弟弟进门总会忘记擦鞋。大哥哥非常帅气，正在普林斯顿大学读三年级。

围在餐桌旁的时候最开心。每个人都乐呵呵地又开玩笑，又聊天。而且，饭前也不用祈祷。不必为吃进嘴里的每一口食物感谢某人，真是舒了口气。（我大概亵渎神明了，不过，如果您曾像我一样不得不千恩万谢，肯定也会有这种感慨。）

我们做了好多事，我都不知道该从何说起啦。麦克布赖德先生开了家工厂。平安夜那天，他为员工们的孩子准备了圣诞树，放在长长的包装车间里。吉米·麦克布赖德打扮成圣诞老人，给孩子们送礼物，萨莉和我也在旁边帮忙。

天哪，叔叔，那种感觉真棒！我觉得，自己简直跟约翰·格里尔之家的理事一样乐善好施了。我吻了一个浑身黏糊糊的可爱小男孩，但我没拍任何人的头。

圣诞节之后第三天，他们在家里为我举办了一场舞会。

这是我人生第一场真正的舞会。大学里举办的不算，因为在那些舞会上我都只能跟女孩跳舞。我穿着崭新的白色晚礼服（您送的圣诞礼物，衷心感谢），戴了双白色长手套，穿着白色轻便缎面舞鞋。多完美的舞会呀！唯一的遗憾是李皮特夫人没看见我跟吉米·麦克布赖德领跳方形舞。您下次去约翰·格里尔之家时，请一定告诉她。

您永远的

朱迪

12 月 31 日

马萨诸塞州伍斯特市石门区

又及：

叔叔，如果我没能成为伟大的作家，只是一个平凡的女孩，您会很不高兴吗？

第三十一封

亲爱的叔叔：

我们今天步行去城里，但是——天哪，下起了倾盆大雨！冬天就该有冬天的样子，下雪多好，干吗下雨！

下午，朱莉娅那位讨人喜欢的叔叔又来了，还带来一盒五磅重的巧克力。您瞧，这就是跟朱莉娅做室友的好处。

他似乎觉得我们天真的对话很有趣。为了在书房跟我们喝茶，他还特意多等了一班火车，好晚些再走。争取校方许可费了我们好大劲。获准接待父亲和祖父已经很困难，要想接待叔叔，就更困难了。如果是兄弟或表兄弟，那根本想都别想。朱莉娅必须发誓来人真是她叔叔，并附上公证人的证明和当地官员出具的证书。（我了解的法律知识还真不少，对吧？）但即便如此，我也怀疑要是院长看到杰维斯叔叔如此年轻英俊，还会不会允许他跟我们一起喝茶。

不管怎么说，我们不仅一起喝了茶，还吃了黑面包做的瑞士干酪三明治。杰维斯叔叔帮忙做了三明治，然后还吃了四块。我告诉他，我去年夏天是在洛克威洛农场过的，于是我们开心地聊了好多闲话，说起森普尔夫妇，还说起那些马、奶牛和鸡。除了格罗弗，他认识的那些马都死了。他上次去农场时，格罗弗还是匹小马驹，如今却已经老得只能一瘸一拐地在草地上走来走去。

杰维斯先生问，森普尔夫妇还会不会把生面团放在餐具柜底层的一个黄色瓦罐里，然后用一个蓝盘子盖住。没错，他们的确还会这么做。杰维斯先生又问，夜间草场的石头堆下还有没有土拨鼠洞。真的有！今年夏天，亚玛撒还抓到一只又大又肥的灰土拨鼠呢！它应该是杰维少爷小时候抓到的那只土拨鼠的第二十五代孙子。

我当面称呼他“杰维少爷”，他似乎并不生气。朱莉娅说，她从没见过叔叔如此和蔼可亲。平时，他是个很难接近的人。不过，朱莉娅毫无技巧。我发现，跟男士打交道，还是需要很多技巧的。他们就像猫咪，只要顺毛捋，就会满足地“咕噜咕噜”叫，否则肯定冲你龇牙咧嘴（这个比喻不太文雅，我只是打个比方）。

我们正在读玛丽·巴什基尔采夫的日记。写得真棒啊！听听这句：“昨晚，我突然被绝望扼住咽喉，不由得呜咽呻吟。忍无可忍之下，我终于把餐厅的闹钟扔进大海。”

这句子几乎让我希望自己并非天才。当天才肯定很累，而且太破坏家具。

天哪！还在下雨。今晚我们只能游泳去礼拜堂了吧。

您永远的

朱迪

星期六，六点半

第三十二封

亲爱的长腿叔叔：

您有过女儿吗？她是个甜美的小家伙，却在襁褓中就被人偷走了，对吗？

或许，我就是那个女孩！如果我们都是小说里的人物，结局就该是这样，不是吗？

不知道自己身世的感觉真奇怪，但也有几分刺激和浪漫。因为有太多太多可能。或许我根本不是美国人，很多人都不是美国人。或许，我是古罗马人的直系后裔，或北欧海盗的女儿。或者是某个本该关在西伯利亚监狱，结果却流亡海外的俄罗斯人后裔。我想，我也可能是吉卜赛人。因为我真是非常向往流浪，虽然目前为止都没多少实践的机会。

您知道我过去的一个污点吗？因为偷吃饼干，他们要惩罚我，我就从孤儿院逃出去了。这件事被记入档案，任何理事都能查到。但说真的，叔叔，这能怪我吗？如果您把一个饥肠辘辘的九岁女孩留在餐具室洗餐刀，而饼干罐就放在她手边，您留下她离开了，接着又突然折返，能不发现她嘴边沾着饼干屑吗？然后，您一把拽住她的胳膊，扇了她一耳光，之后每次布丁上桌都命令她走开，再告诉其他所有孩子她是个小偷，您说她能不逃跑吗？

我只逃出四英里，就被抓回来了。之后的一星期，每天其他孩子课间休息时，我都像只淘气的小狗般，被绑在后院的一根木桩上。

噢，天哪！做礼拜的铃声响了。之后，我还得去开个会。我本来想写封有趣的信给您，真抱歉。

再见，亲爱的叔叔，祝您平安！

朱迪

1 月20 日

第三十三封

亲爱的长腿叔叔：

吉米·麦克布赖德给我寄来一面普林斯顿大学的校旗。旗帜整整占了一面墙。虽然很感激他还记得我，但我实在不知道该怎么处理这面旗帜。萨莉和朱莉娅都不准我把它挂起来，因为今年我们的房间以红色为主，要是配一面橙黑相间的旗帜，可想而知会变成什么样子。不过，它真是暖和又厚实，我不想就这样白白浪费。把它裁成一件浴袍，会不会太不像样？我的旧浴袍洗过后缩水了。

虽然最近都没向您汇报学业，您也没法儿从我的信中看到这点，但我一直都在学习。同时学五门课，真让人晕头转向！

“真正做学问的人，”化学教授说，“必须有煞费苦心钻研细节的热情。”

“别只盯着细节不放，”历史教授说，“要高瞻远瞩，把握全局。”

您瞧，我们需要多么谨小慎微地游走在化学课和历史课之间啊！我最喜欢历史的研究方法。如果我说“威廉一世在 1492 年征服英国，哥伦布是在 1100 年，或是在 1066 年，或别的任何年份发现美洲大陆……”历史教授也不会在意这些时间上的小差错，所以背诵史实真是件舒适又悠闲的事。然而，化学课上就完全没有这种感觉了。

第六节课的铃声响啦，我得赶紧去实验室，照看那些酸啊、盐啊、碱啊之类的东西了。上次，我做化学实验时穿的围裙被盐酸烧出一个盘子那么大的洞。如果原理管用的话，我应该用浓氨水去中和一下，对吧？

下周要考试。不过，我才不怕！

您永远的
朱迪
2 月 4 日

第三十四封

亲爱的长腿叔叔：

三月的风阵阵吹来，天空中乌云滚滚，松树上的乌鸦吵闹不休。那激动人心的声音仿佛某种召唤，令人心驰神往，我恨不得立马合上书本，冲上小山，跟风儿赛跑。

上周六，我们在泥泞的乡间玩追踪纸屑的游戏，整整跑了五英里多。三个女孩扮狐狸，各带一蒲式耳[1]纸屑，提前半小时出发。包括我在内的另外二十七个女孩充当猎人。其中八人中途掉队，十九人抵达终点。我们沿着纸屑翻过一座小山，穿过一片玉米田，结果进入了一片沼泽地。虽然大家都小心地从一处可以落脚的地方跳到另一处，还是有一半人踩进了齐脚踝深的淤泥里。我们老是跟丢，还在沼泽地里浪费了二十五分钟。然后，大家穿越树林，爬上一座小山，来到一座谷仓的窗前。谷仓的门全锁了，窗户又小又高。“狐狸”可真狡猾，您说是吗？

不过，我们并没有爬窗户，反而绕到谷仓后，果然在那儿又找到了纸屑。看来，“狐狸”已越过栅栏跑了。她们以为能把我们困在这儿——才不会呢。接着，大家径直穿过两英里绵延起伏的草地。追踪愈发艰难，因为纸屑真是

1. 蒲式耳，一种计量单位。美制 1 蒲式耳合 35.24 升。

越来越稀疏了。按照游戏规定，“狐狸”至少每隔六英尺就必须撒一次纸屑。可我真是从没见过那么长的六英尺！一路小跑两个小时后，我们终于在“水晶泉”（这是一座农场餐厅，女孩们经常乘坐雪橇或马车来吃晚餐，这儿有鸡和华夫饼）的厨房里找到了那三只狐狸小姐。她们正悠闲地边喝牛奶，边吃蜂蜜和饼干。显然，她们还以为我们到谷仓窗户那儿就被困死了，根本追不到这么远的地方来呢。

双方都坚称是自己这边赢了。我觉得我们赢了，您说呢？因为她们还没返回学校就被抓住了啊！不管怎么说，我们十九人像蝗虫一样围在桌旁，吵着要吃蜂蜜。蜂蜜显然不够分，“水晶泉太太”（这是我们给老板娘起的昵称，她其实姓约翰逊）又拿出了一罐草莓酱、一罐枫糖浆（都是上周刚做的）和三条黑麦面包。

我们六点半才回到学校，比晚饭时间迟了半小时。所以，大家衣服都没换，就径直去了餐厅。虽然已经吃过东西，但我们的胃口都没受半点儿影响！然后，没人去做晚间礼拜，理由很充分——所有人的靴子都太脏啦！

我还没跟您说考试的事吧？每门考试我都轻松通过了！现在，我已经掌握诀窍，再也不会挂科。虽然因为一年级糟糕的拉丁语写作和几何成绩，我不太可能成为优秀毕业生，但我不在乎。“只要开开心心，其他有什么要紧？”（这是句引文。我正在读英文名著。）

说到经典名著，您读过《哈姆雷特》吗？要是还没有，就赶紧读读吧。这本书真是棒极了！虽然从小就听说过莎士比亚，但我真没想到他的书竟写得这么好，我还一直怀疑他是不是徒有虚名呢。

很久以前，我刚学会阅读时，就发明了一个有趣的游戏。每天晚上入睡前，我都会假装自己是刚才所读之书里最重要的那个角色。

现在，我是奥菲莉娅，那般通情达理的奥菲莉娅！我总是在逗哈姆雷特开心，会宠他，也会责备他。他要是感冒了，我还会立马替他戴上围巾。我彻底治好了他的忧郁症。国王和王后在一次海难中去世了，都没法儿将他们安葬。于是，哈姆雷特和我毫无阻碍地开始了对丹麦的统治。我们把王国管理得井井有条，他负责政事，我专注慈善。我刚刚建了几座一流的孤儿院。您或者其他理事如果想参观，我会非常乐意接待。我想，您或许能在那儿听到很多极有帮助的建议。

仍是您最亲切的

丹麦王后奥菲莉娅

3 月 5 日

第三十五封

亲爱的长腿叔叔：

我想，我可能上不了天堂。在尘世得到这么多恩赐，如果死后还能上天堂，那就太不公平了。听我给您讲讲近况吧。

乔若莎·艾伯特获得《月刊》年度短篇小说比赛冠军，奖金二十五美元！她还只是个大学二年级学生！大部分参赛者都是四年级学生呢！看到自己榜上有名时，我简直不敢相信这是真的。或许，我真能成为一名作家吧。真希望李皮特夫人没给我起这么傻的名字。这名字一听就像个女作家，不是吗？

我还入选了春季戏剧班，届时将在室外表演《皆大欢喜》。我扮演罗莎琳德的表妹西莉亚。

最后一个消息：朱莉娅、萨莉和我下周五要去纽约买几件春装。我们会在那儿住一晚，第二天还会跟杰维少爷去剧院看戏。是他邀请我们的。朱莉娅回家住，但萨莉和我住玛莎·华盛顿酒店。您听过如此激动人心的事吗？我这辈子还从没住过酒店呢，也没上过剧院。不过，天主教堂有次庆祝节日时请了孤儿，但那不是真正的戏剧，所以不算。

您猜，我们要去看什么剧？《哈姆雷特》！我们在莎士比亚课上学了四个星期，对此早就烂熟于心啦！

一想到上面那些值得期待的事，我就兴奋得不得了，根本睡不着。

再见，叔叔。

这个世界真是太有趣了！

您永远的

朱迪

3 月 24 日，也可能是 3 月 25 日

又及：

我刚刚查了下日历，今天是 28 号。

再又及：

今天我看到一个电车售票员，他一只眼睛是棕色的，另一只是蓝色的。很像侦探小说里的大坏蛋，不是吗？

第三十六封

亲爱的长腿叔叔：

天哪！

纽约真是太大啦！伍斯特真是完全没法儿比呀！您难道想告诉我，您一直住在这么纷乱嘈杂的地方？经历了如此眼花缭乱的两天，休息两个月，我恐怕都恢复不过来。这么多有趣的见闻，我都不知道该从何说起了。不过，我想您也知道，因为您本来就住在这儿嘛。

但那些街道真有趣，不是吗？人和商店也很有趣，不是吗？我从没在橱窗里见过那么多可爱的东西，看得人真想把一辈子都花在穿衣打扮上。

星期六上午，萨莉、朱莉娅和我一起去逛街。朱莉娅把我们领进一家非常华丽的商店。我这辈子都没见过那般富丽堂皇的地方：白金相间的墙壁、蓝色的地毯、蓝色丝绸质地的窗帘，还有镀金的椅子。一位美得无可挑剔的女士接待了我们。她一头金发，穿着长长的黑缎曳地长裙，脸上挂着迷人的微笑。我还以为我们是来拜访老朋友的，差点儿上去跟她握手。结果，我们只是来买帽子的，至少朱莉娅是这样。她坐在镜子前试了十几顶帽子，一顶比一顶好看。最后，她买下了其中最漂亮的两顶。

能坐在镜子前试帽子，然后不用考虑价格，就买下任

Shooting,
Fishing,
Travelling,

何一顶喜欢的，世上还有比这更幸福的事吗？叔叔，您不用怀疑，纽约肯定会迅速摧毁我的质朴坚韧。要知道，这份优良品质可是约翰·格里尔之家辛苦培养了好久的结果。

逛完街后，我们与杰维少爷在谢里饭店碰头。您也去过那儿的，对吧？请想象一下谢里饭店，再想想约翰·格里尔之家的餐厅：桌上铺着油毡布，摆着绝对不能打碎的白色陶碗和那些木手柄的刀叉。这下，您能明白我的感受了吧？

吃鱼时我用错了叉子，但侍者很贴心地递了把新的过来，所以没人注意到我犯错。

午餐后，我们去了剧院。那真是个令人目眩神迷的好地方，简直就是我以前每晚都会梦到的地方，太不可思议了。

莎士比亚太棒了，不是吗？

舞台上的《哈姆雷特》比我们课堂上分析的更有趣。我以前就很喜欢这部戏剧，现在就更不用说啦！

如果您不介意的话，我更想成为一名女演员，而非作家。您不愿意我离开大学，去戏剧学校吗？将来我所有的演出，都会为您预留一个包厢，我还会迎着舞台上的聚光灯，冲您微笑。您只需要在衣服扣眼里别一支红玫瑰，我就肯定不会弄错。要是把微笑送错了人，那该多尴尬呀！

我们是星期六晚上回来的。大家在火车上吃晚餐，小小的餐桌上摆了几盏粉红色的台灯，旁边还有几名彬彬有礼的侍者。我以前从没听说火车上还会供应晚餐，于是不小心问出了口。

“你到底是在哪儿长大的？”朱莉娅问我。

“一座小村庄。”我怯怯地回答。

“你从来不出去旅游吗？”她问我。

“上大学之前都没出去过，学校离家只有一百六十英里，所以不需要在外吃饭嘛。”我说。

因为我老说这种可笑的话，她对我越来越感兴趣。虽然努力约束自己，但我一吃惊，就会脱口而出奇怪的话。而大多数时候，我都很容易吃惊。叔叔，把一个在约翰·格里尔之家过了十八年的人突然扔进外面的世界，她能不眼花缭乱吗？

不过，我已经渐渐适应，现在很少犯如此重大的错误了。跟其他女孩相处时，我也不再觉得别扭。以前一有人看我，我就浑身不自在，仿佛她们能透过我的冒牌新衣，看见里面的方格纹棉布衫。但我再也不会为方格纹棉布衫烦恼了，正所谓“明日自有明日愁，莫为昨日添烦忧。”

我忘了告诉您花的事。杰维少爷送了我们每人一大束山谷里采来的紫罗兰和百合。他人真好，不是吗？因为理事们，我向来不喜欢男士，但我的想法正在改变。

这封信居然写了十一页！您得鼓足勇气把它看完了。

我这就停笔。

您永远的
朱迪
4 月 7 日

第三十七封

亲爱的有钱人先生：

这是还给您的五十美元支票。非常感谢，但我觉得自己不能留下它。我的零用钱已经足够买下我想要的所有帽子。真抱歉写下关于女帽店的那些蠢话，只怪我以前从没见过那样的商店。

但是，我绝不是在乞求施舍！我也不愿意接受任何额外资助。

您真诚的

乔若莎·艾伯特

4 月 10 日

第三十八封

最亲爱的叔叔：

您能原谅我昨天写的那封信吗？一寄出去，我就后悔了。我想把它拿回来，但那个可恶的邮递员不肯还给我。

现在已是半夜，我睁着眼睛，几个小时无法入眠。我真是条丑陋的虫子——一条千足虫！这是我能想到的最严重的批评！

我非常轻地关上了通往书房的门，以免吵醒朱莉娅和萨莉。然后，我从历史笔记本上撕下一张纸，坐在床上给您写信。

我只想告诉您，那样无礼地对待您的支票，我真是很抱歉。我知道您是一番好意。肯为帽子这种愚蠢的小事如此费心，您一定是个善良的老头儿。我本应更加感激地退回支票。

但无论如何，我还是得把它退回去。我跟其他女孩不一样。她们可以理所当然地接受馈赠，因为她们有父母、兄妹、叔叔和婶婶，我却一个亲人也没有。我很喜欢假装您是我的亲人，但那也是想想而已，我当然知道您不是。我孤身一人，只能背靠着墙，独自迎战这个世界。一想到这儿，我就不禁倒抽一口凉气。所以我不去想，继续假装自己有亲人。但是叔叔，我不能接受任何不应得的资助，因为终有一天，我会把这些钱都还给您，这点您是知道的，对吧？但即便如愿以偿，成为伟大的作家，我也无法面对一笔巨额债务呀。

虽然爱漂亮帽子之类的东西，我却不能因此抵押自己的未来。

您会原谅我的无礼，对吗？一有什么想法，我就会冲动地写下来，然后读都不读，便把信寄出去了，这个习惯真糟糕。但如果我有时候显得鲁莽轻率、不知感恩，那肯定不是出自本意。我一直打心眼儿里感激您，因为您，我才能获得新生，变得自由而独立。我的童年是一段漫长又压抑的反叛期，现在却每时每刻都如此快乐。我简直不敢相信这是真的。我觉得，自己真像故事书里的女主角。

现在已经两点一刻，我得踮着脚尖出去寄信。您收到上一封信后，很快就会收到这一封。这样，您就不会讨厌我太久了。

晚安，叔叔！

永远爱您的

朱迪

4 月 11 日

第三十九封

亲爱的长腿叔叔：

上周六学校开了运动会，场面真是极其壮观。首先是所有班级列队游行。每个人都穿着白色亚麻布衣服，四年级学生撑蓝金相间的日式雨伞，三年级学生举白色和黄色的横幅。我们班每人拿一个绯红色气球。气球非常漂亮，从我们手里飞走、飘向空中时，显得更加鲜艳夺目。一年级新生都带着绿色纸帽，帽子上垂下长长的丝带。学校还从城里请了一支身穿蓝色制服的乐队和十几个滑稽演员。那些演员跟马戏团里的小丑一样，在比赛间歇逗观众开心。

朱莉娅打扮成一个胖胖的农夫，穿了件亚麻布防尘衣，粘着假胡子，拎着把松松垮垮的伞。朱莉娅的“老婆”——高高瘦瘦的帕齐·莫里亚蒂（其实，她原名叫帕特里西。您听过这样的名字吗？李皮特夫人肯定想不出比这更好的名字），一只耳朵上挂了顶滑稽的绿软帽。毫无疑问，两人无论走到哪儿，都会引起一片哄笑。朱莉娅演得非常棒。希望杰维少爷别介意，但我真是做梦都没想到，彭德尔顿家的人如此有喜剧天赋。不过，我其实并没有把他看作彭德尔顿家的人，就像我没觉得您是位理事一样。

因为要参加比赛，萨莉和我没加入游行队伍。您猜怎么着？我们都赢啦！至少在某些项目上是如此。我们也参加了跳远，结果输了。不过萨莉在撑竿跳上获胜（成绩是七英尺三英寸），我也得了五十码[1]短跑冠军（成绩是八秒）。

跑到终点时我虽然上气不接下气，但感觉快乐极了，全班同学都在挥舞气球，欢呼呐喊：“乔若莎·艾伯特棒不棒？棒！谁最棒？乔若莎·艾伯特！”

叔叔，这是真正的荣誉！之后，我一路小跑，回到更衣帐篷，有人给了我一片柠檬含在嘴里，还用酒精替我擦身体。您瞧，我们多专业！能为班级争得荣誉是件相当棒的事，因为获胜项目最多的班，可以得到年度竞技奖杯。今年拿到奖杯的是四年级学生，她们赢了七项比赛。组委会在体育馆设宴款待所有获胜者。我们吃了油炸软壳蟹和篮球形状的巧克力冰激凌。

昨天，我半夜起来读《简·爱》。叔叔，您年纪很大了吗？还记得六十年前的事吗？如果记得，您能告诉我，当时人真是那么说话的吗？

例如，傲慢的布兰奇小姐会对侍者说：“无赖的家伙，停止你的闲谈，照我的吩咐去做。”罗切斯特先生说“银色苍穹”时，指的其实是天空。那个笑声像土狼一样可怕的疯女人不仅点火烧床幔、撕烂新娘头纱，还会咬人——简直是一出夸张的情景剧。但不管怎样，我还是会不停地

1. 码，英美制长度单位，1 码合 0.9144 米。

往下读。我真是想象不出，怎样的女孩才能写出这样一本书。尤其，她还是个在教堂庭院长大的孩子。勃朗特姐妹身上有些东西真让我着迷，比如她们的作品、生平和精神。每次读到小简·爱在慈善学校里遇到麻烦，我都满腔愤懑，必须出去走走才行。我非常理解她的感受。见识过李皮特夫人，我完全明白布罗克赫斯特先生是什么样的人。

您别生气，叔叔。我并不是说约翰·格里尔之家跟洛伍德寄宿学校一样。我们吃得饱，穿得暖，有足够的水梳洗，地下室里还有个火炉。不过，二者之间有一点极其相似：我们的生活都非常乏味，波澜不兴，除了每周日的冰激凌，永远没有任何惊喜。而且，即便是冰激凌，也是定期供应，毫无新意。我在那儿待了十八年，只遇到过一次惊险的事。当时，柴房着火了，我们半夜被叫醒，穿上衣服，万一整幢房子着火了就好立刻撤离。但房子并没着火，结果大家又上床睡觉了。

大家都希望生活不时有惊喜，这是人的天性。但从来没有惊喜降临在我的生活里，直到李皮特夫人把我叫进办公室，说约翰·史密斯先生要供我上大学。当时，她拖拖拉拉，磨蹭了好久才把这个消息说出来，所以我几乎都没时间来惊喜了。

叔叔，您知道吗，我认为人最需要的能力是想象力。这能让一个人设身处地为他人着想，变得友善、富有同情心、能理解体谅他人。最应该培养想象力的就是孩子。然而，约翰·格里尔之家只要看到一丁点儿想象力的火花，就会立刻将其扑灭。责任感是他们倡导的品质之一。我不认为孩子应该知道那个词的含义，它简直可憎又可恶。孩子们做任何事，都应该出于爱才对。

您等着瞧吧，总有一天，我会当上孤儿院院长！这是每天入睡前，我最喜欢想象的一件事。我把最微小的细节都想好了，包括吃什么、穿什么、学什么、玩什么，我还想好了该有哪些处罚措施，因为即便最乖的孤儿，有时也会犯错。

但不管怎样，他们都会快乐。我认为，无论一个人在成长过程中遇到多少麻烦，都应该拥有一段值得回忆的快乐童年。如果将来我有了孩子，不管我多不开心，我也会努力让他们无忧无虑地长大。

（礼拜堂的钟声响了，我会另外找时间写完这封信。）

5 月 4 日

今天下午从实验室回来后，我发现一只松鼠坐在茶几上，自顾自地吃杏仁。天气回暖，窗子又打开时，我们便能经常迎来这些可爱的访客。

星期四

您或许会想，昨天是星期五，今天没课，所以昨晚我一定度过了一个安静又美好的阅读之夜，尽情阅读用奖金买回的那套史蒂文森的作品集。但亲爱的叔叔，您要是这么想的话，只能说您从没进过女子大学。事实上，有六个朋友来串门。大家一起做乳脂软糖，其中一个还把仍处在液体状态的软糖弄到了地上，正好落在我们最好的那块地毯中央。那污渍再也洗不掉了。

虽然最近都没向您汇报学业，但我们每天都在学习。不过，偶尔抛开学业，痛痛快快地跟您聊聊生活，不也挺愉快的吗？只可惜所有倾诉都是单方面的。这可就要怪您啦！欢迎随时反驳我的任何观点。

这封信我断断续续写了三天，恐怕您现在已经读得很不耐烦了吧！

再见，好心的先生！

朱迪

星期六早晨

第四十封

亲爱的长腿叔叔史密斯先生：

我刚学完论证学中分点论证的方法。因此，我决定通过以下方式给您写信。这封信将包含所有必要信息，没有一句赘词冗语。

Ⅰ 本周有如下笔试：

A. 化学

B. 历史

Ⅱ 学校正在兴建新宿舍楼。

A. 建筑材料包括：

a. 红砖

b. 灰石

B. 楼内可容纳：

a. 一位院长，五名讲师

b. 两百个女生

c. 一名宿舍管理员，三名厨子，二十名服务生，二十名清洁工

Ⅲ 我们今晚的甜点是乳冻。

Ⅳ 我正在写一篇专题报告，名字就叫《莎士比亚戏剧的来源》。

Ⅴ 今天下午打篮球时，洛乌·麦克马洪不慎滑倒，

结果：

A. 肩膀脱臼

B. 膝盖擦伤

Ⅵ 我买了顶新帽子，上面饰有：

A. 蓝色天鹅绒缎带

B. 两根蓝色翎羽

C. 三个红绒球

Ⅶ 九点半啦。

Ⅷ 晚安！

朱迪

第四十一封

亲爱的长腿叔叔：

您一定猜不到我遇到了什么好事。

麦克布赖德家在阿迪朗达克有营地，他们邀请我今年夏天一同去度假。他们是一家俱乐部的会员。俱乐部就坐落在林中一个可爱的小湖边，会员们的小木屋散落在林中各处。人们会去湖上划独木舟，沿着林中小径远足到其他营地。俱乐部每周还会举办一次舞会。吉米·麦克布赖德的一个大学同学也会应邀前来待一段时间。所以，您瞧，我们有足够的男舞伴！

麦克布赖德夫人竟向我发出邀请，她真好，不是吗？看起来，上次去她家过圣诞节时，她很喜欢我。

抱歉，这封信很短。这不是一封真正的信，我只是想告诉您我的暑假安排。

您心满意足的
朱迪
6 月 2 日

第四十二封

亲爱的长腿叔叔：

您的秘书刚刚写信给我，说史密斯先生认为我不应该接受麦克布赖德夫人的邀请，而该像去年一样，回洛克威洛农场过暑假。

为什么，为什么，为什么呀，叔叔？

您不知道，麦克布赖德夫人真的、真的、真的很希望我能去。我不会给他们家添一丁点儿麻烦，反而还能帮忙呢。他们不会带多少用人，萨莉和我能做很多有用的事。这是学习管家的好机会。每个女人都应该懂得如何管家，可我只懂怎么管孤儿院。

营地上没有跟我们同龄的女孩，麦克布赖德夫人希望我能给萨莉做个伴。我们计划一起读很多书，打算把明年的英语和社会学课本都读完。教授说过，要是能在暑假先把书读完，对下学期的学习肯定大有好处。要是一起阅读和讨论，我们肯定能更容易记住知识点。

仅仅跟萨莉的妈妈住在同一屋檐下，就能学到很多东西。她是这世上最活泼有趣、最友善迷人的女士，简直无所不知。想想看，跟李皮特夫人共度了那么多暑假，现在换一位截然不同的女士陪伴，我多珍惜这样的机会呀！您别担心，我一定不会挤到他们，因为住宿问题完全可以灵活安排嘛！朋友多了时，他们只需要在林子里多搭几个帐篷，让男孩们住外面就行了。每时每刻都能到户外，将会是一个多么健康有益的夏天呀！吉米·麦克布赖德会教我骑马、划独木舟和射击。如此无忧无虑的快乐日子，我这辈子都没享受过。我觉得，每个女孩一生中，都应该拥有一次这样的机会。当然，我会遵从您的安排。但求求您，叔叔，就让我去吧。我还从未如此渴望过什么呢。

给您写信的不是未来的大作家——乔若莎·艾伯特，只是一个普通的女孩——朱迪。

6月5日

第四十三封

约翰·史密斯先生：

您 6 月 7 日的来信已经收到。遵照您秘书传达的指示，我将于下周五启程，前往洛克威洛农场度假。

愿永远是您的
乔若莎·艾伯特（小姐）
6 月 9 日

第四十四封

亲爱的长腿叔叔：

我已经快两个月没给您写信了。我知道这样不好，但坦率地说，今年夏天我不像以前那么喜欢您了。

被迫放弃去麦克布赖德家的营地度假，您无法想象我有多失望。当然，我知道您是我的监护人，一切都得遵照您的吩咐，但我实在想不通您反对的理由是什么。对我来说，这显然是件天大的好事。叔叔，如果我是您，您是朱迪，我肯定会说："保重，我的孩子，赶紧去吧，玩得开心！多认识些人，多学点儿新东西。去户外尽情玩耍，把身体练得棒棒的。辛苦学习了一整年，好好休息休息吧！"

您却完全不是这样！只是让秘书传来一句简短生硬的指令，命我去洛克威洛农场。

您无情的命令让我很受伤。看起来，我对您的感情如此深厚，您对我却似乎一丁点儿类似的情感都没有。不然，您肯定会偶尔亲笔给我写几句话，而不是让秘书寄来糟糕的打印件。哪怕感受到最最微小的暗示，让我知道您也是在乎我的，我都愿意做任何事来讨您欢心。

我知道，我应该写一封详细优美的长信，并且不期待任何回复。您的确履行承诺，供我上了大学。我猜，您肯定觉得我没有履行承诺！

但是叔叔，要履行这份协议太难，真的太难了。我如此孤独，您是我唯一关心的人，您的形象却这般模糊。您只是我想象中的一个人。或许，真正的您跟我编造的完全不同。但我生病住院那次，您的确给我写过一张卡片。现在，每次觉得自己被完全遗忘时，我都会把它拿出来再读一遍。

我真是越写越偏题了，其实，我一开始想说的是这些话：

被一个武断专横、不近人情，却又无所不能、如无形上帝般的人选中并任意支配，多屈辱呀！我依然觉得很受伤。不过，如果有人像您一样友善慷慨地关心我，我想，只要他愿意，的确有权成为一个武断专横、不近人情、如无形上帝般的人。所以，我又开心起来，也原谅您啦。但收到萨莉的信，看她描述他们在营地多么开心时，我还是觉得闷闷不乐。

不管怎样，我们就此翻篇儿，重新开始吧。

今年夏天，我一直在写作，并把写完的四个短篇故事分别投给了四家杂志社。所以，您瞧，我真的在努力成为一名作家。我的工作室在阁楼一角。以前，这儿是杰维少爷的雨天游戏室。这个角落通风很好，非常凉爽。房间里有两扇天窗，屋外的枫树撑起一片绿荫，树洞里还住了一窝红松鼠呢。

过几天，我再好好跟您写封信，讲讲农场上的新闻。

我们都希望能下场雨。

您永远的

朱迪

8 月 3 日

洛克威洛农场

第四十五封

亲爱的长腿叔叔：

草场的池塘边有棵柳树。我正在第二根树杈上给您写信。树下蛙声一片，一只蝉在我头顶唱个不停，还有两只小小的白胸五子雀在树干上跳来跳去。我已经在这儿坐了一小时，真是根非常舒服的树杈，尤其是加了两个沙发垫子之后。我带着笔和写字板爬上来，原本打算写一篇不朽的短篇小说，但女主角实在太难对付，总不肯乖乖任我摆布，所以我决定先把她暂时抛到一边，给您写信（不过，我也不会因此松一口气，因为您也不会任我摆布）。

您要是还在可怕的纽约，我真希望能将这片微风习习、阳光灿烂的可爱风景寄给您。下了一周雨后，乡间就是天堂。

说到天堂，您还记得我去年夏天说起过的凯洛格先生吗？他是那座白色尖顶小教堂的牧师。唉，可怜的老先生去年冬天因肺炎过世了。我听过六次他的布道，已经非常熟悉他的神学观点。他的信仰自始至终都没变过。我觉得，一个坚持思考四十七年，却从未改变过任何想法的人，真该作为珍品放进陈列柜。希望他现在正头戴金冠，快乐地弹着竖琴——他之前就非常肯定自己能得到这两样宝贝！如今，一个新来的年轻人接替了他的位置。可那家伙非常傲慢，教徒们对他极不信任，尤其是卡明斯执事领导的那一派。教会似乎马上就要分崩离析。不过，这附近的人们都不怎么关心宗教革新问题。

下雨的这一周里，我都坐在阁楼，如饥似渴地读书，大多数时间都在读史蒂文森的作品。作家本人比他书中的任何一个角色都有趣。我敢说，他要是把自己写进书里，肯定是个很棒的男主角。他用父亲留下的一万美元租了艘快艇，然后驾着它一路驶到南太平洋。您不觉得他真是棒极了吗？完全践行了自己的冒险理念。我爸要是留给我一万美元，我也会这么做的。一想到他的维利马，我就热血沸腾。我真想去看看热带，看看整个世界——等我成为伟大的作家，或者艺术家、演员、剧作家，或任何一种大人物时——我非常渴望流浪。一看见地图，我就想戴上帽子、拿起雨伞出发。“有生之年，我一定要看看南洋的棕榈树和庙宇。”

8 月10日

第四十六封

真是没什么新闻可写呀！朱迪最近变得很有哲学精神，就想思考有关整个世界的问题，而非日常琐事。不过，如果您非要听新闻，那我就说说吧。

上周二，我们养的九头小猪蹚过小溪跑了，最后只找回来八头。虽然不想冤枉谁，但我们怀疑寡妇多德家的猪应该多了一头。

韦弗先生把谷仓和两个筒仓都刷成了南瓜一样的亮黄色，真是难看死啦。不过，他说这颜色耐脏。

布鲁尔一家这周来了客人。布鲁尔夫人的妹妹和两个侄女从俄亥俄州来了。

我们养的一只红毛罗德鸡下了十五个蛋，却只孵出三只小鸡。我们怎么也想不通，到底是哪儿出了问题。我觉得红毛罗德鸡这个品种真差，我更喜欢浅黄色的奥尔平顿鸡。

科纳斯镇邦尼里格邮局的新员工偷喝库存的牙买加姜汁酒，直喝到一滴不剩才被人发现。那批酒可值七美元呢！

老艾拉·哈奇先生患上风湿病，再也没法儿工作了。他之前工资很高，却从不存钱，所以现在只能靠镇上发放的救济金度日。

下周六晚，当地学校会举办一场冰激凌晚会。欢迎携家人一同前往。

我用二十五美分在邮局买了顶新帽子。信后附上我最近的自画像，画中的我正要去耙干草。

天色越来越晚，已经看不清字啦。反正，我也把所有新闻都汇报完了。晚安。

朱迪

星期四傍晚

坐在门口的台阶上

第四十七封

早上好！新闻！新闻！您猜怎么着？您肯定永远也猜不到谁要来洛克威洛农场。森普尔太太收到杰维少爷的来信，他开车经过伯克希尔，觉得有点儿累，想找一家安静的农场休息休息。他问如果某天晚上找上门来，森普尔太太能否替他准备一个房间？他可能会在这儿待一周，也可能待两周或者三周。到底休息多久，视他抵达后的情况而定。

大家顿时忙成一片，不仅把整座房子都打扫了一遍，还洗了所有窗帘。今天早上，我被派去科纳斯镇买新油地毡，好铺在大门口。我还买了两罐褐色地板漆，用来刷门厅和后楼梯。我们还请了多德太太明天过来擦窗子（紧急关头，已经顾不上丢小猪那事了）。从我的描述判断，您或许会觉得屋子之前不太干净，但我向您保证，这里一直很干净！森普尔太太虽没有大学问，但不妨碍她一直都是位出色的主妇。

不过叔叔，这是不是男人的通病？杰维少爷一点儿暗示都不给我们，谁知道他是今天来，还是两周后才出现在大门口。在此之前，我们不得不时刻屏息敬候，一直等到他来为止。他要是不快点儿来，我们又得从头到尾打扫一遍了。

亚玛撒和老马格罗弗正在楼下等我呢。我要独自驾驶这辆四轮载货马车。不过，只要看到格罗弗的样子，您就不会担心我的安全了。

手按在心口，向您道别。

朱迪

星期五

又及：

这样结尾不错吧？我从史蒂文森的信中学来的。

第四十八封

再次向您道声早安！我昨天没寄信，所以趁邮差还没来，我就再写几句吧。邮差每天十二点来收发一次信件。对农民们来说，乡村邮递真是一大福音！我们的邮差不仅送信，还会替大家跑腿，每件差事收费五美分。昨天，他帮我买了几根鞋带、一罐润肤膏（买到新帽子前，我的鼻子晒脱皮了）、一条蓝色温莎领带和一瓶黑鞋油。他总共收了十美分，这单生意毕竟不同寻常——要买的东西实在多了点儿。

邮差还会跟我们讲世界大事。因为有几户人家订了报纸，他便在送信途中边走边看，然后把新闻讲给没订报纸的人听。因此，万一日后有美国跟日本开战、总统被暗杀、洛克菲勒先生给约翰·格里尔之家捐了一百万美元之类的事，您都不必费心写信告诉我。因为不管怎样，我都会听说的。

还没有杰维少爷的消息。但您真该来瞧瞧我们的屋子有多干净！还有每次进屋前，我们擦鞋的那副紧张模样！

真希望他快点儿来。我正盼着能有人聊聊天呢。说实话，森普尔太太挺无聊。她虽然说起话来滔滔不绝，却没什么实际内容。这里的人有一点非常有趣，他们的世界就是这座小山，一点儿普世情怀都没有。您懂我意思吧？真是跟约翰·格里尔之家的情况一模一样。在那里，我们的思想被四面铁栅栏禁锢着。只不过，因为当时还太小，所以我不怎么在乎这点。再说，那时候也太忙啦！出门上学前，我得铺好所有的床，还得把孩子们的脸擦干净。放学回来后，又得替孩子们洗一次脸，还要补好他们的长筒袜和弗雷迪·珀金斯的裤子（他每天都会把裤子弄破）。与此同时，我还抽空学习，之后就该上床睡觉了。所以，我压根儿没觉得自己缺少社交。但在一所大家都很健谈的学校待了两年，我发现自己的确缺少社交。如果能碰到有共同语言的人，我会很高兴的。

叔叔，就先写到这儿吧。目前也没什么新鲜事了。下次，我再努力写封长一点儿的信。

您永远的

朱迪

星期六

又及：

因为前些日子太干旱，今年的莴苣长得不太好。

第四十九封

叔叔，杰维少爷终于来了！我们玩得很开心！至少我很开心，我想他也一样。他已经来了十天，还没一点儿要走的意思。森普尔太太简直把这位先生宠上了天。如果他从小就被如此宠溺，长大后怎么还能变得这么好？

我们经常摆张小桌子一起吃东西，有时摆在侧廊，有时摆在树下。下雨或天冷时，就摆到最好的会客厅。杰维少爷只需随便指个他想去的地方，卡丽就会立刻端起桌子，一路小跑着过来。有时如果太麻烦，需要她端着盘子走很远的话，她就能在糖碗下找到一美元。

尽管乍看之下并不像，但杰维少爷其实很好相处。他给人的第一印象是个典型的彭德尔顿家人，事实上却一点儿都不像。他非常单纯，既真挚又可爱。虽然这么形容一位男士有些滑稽，但他真是这样。杰维少爷对周围的农民很好，会自然随和地跟他们打招呼，使人立刻卸下心防。一开始，因为不喜欢他的穿着打扮，农民们都有些疑虑呢！但我得说，杰维少爷的衣品真是好。他会穿灯笼裤和百褶夹克，或者白法兰绒骑马装配蓬松的裤子。

每次穿新衣服下楼，森普尔太太都会骄傲地围着他转圈，从各个角度打量他。无论杰维少爷坐在哪儿，她都会叮嘱他千万小心，生怕他沾到一点儿灰尘。杰维少爷实在烦透了时，就对她说：“快去吧，莉齐。别再管我了，我都长大啦。”

一想到这位如此高大、腿也几乎跟叔叔您一样长的先生曾坐在森普尔太太膝头，让她给自己洗脸，我就觉得非常好笑。您要是瞧瞧她的膝盖，会觉得更好笑！森普尔太太的腿现在简直有两个人的那么粗，下巴也变成三层了。不过，杰维少爷说她过去又瘦又结实，行动敏捷，跑得比他还快。

我们四处探险，方圆几英里都走遍了。我学会了用羽毛做的苍蝇钩钓鱼，学会了用来复枪和左轮手枪射击，还学会了骑马。老格罗弗仍然精力充沛。我们喂了它三天燕麦。有一次，它被一头小牛吓得连连后退，差点儿带着我逃跑。

8 月 25 日

第五十封

星期一下午，我们一起去爬了斯盖山。那座山就在附近，并不怎么高，山顶也没有雪。但爬上顶峰时，我们还是累得气喘吁吁。山坡上草木葱茏，山顶却是只有岩石的开阔荒野。我们在山上等待日落，还生起篝火做晚餐。下厨的是杰维少爷。他说因为经常露营，所以他肯定比我会做饭。之后，我们踏着月色下山。走到黑漆漆的林中小径时，杰维少爷就从口袋里掏出手电筒照明。真好玩！一路上，他都有说有笑地讲笑话，还聊了很多有趣的事。他不仅读过我读过的所有书，还读过很多别的。一个人如此见多识广，真让我吃惊。

今天上午，我们走出去很远，结果碰上暴风雨。虽然到家时衣服全湿了，我们仍然兴致勃勃，还就这么滴着水地进了森普尔太太的厨房。您真该瞧瞧她当时的表情。

“噢，杰维少爷！朱迪小姐！你们都湿透了，天哪！天哪！我该怎么办？那件漂亮的新外套真是全毁了。”

她真好玩。您可以把我俩想象成十岁的小孩，她则是心烦意乱的妈妈。我还担心了一会儿，生怕之后用茶点时没果酱吃。

星期三

这封信我其实早就开始写了，却一直没时间写完。

“世界如此多彩，我想大家肯定都如国王般愉快。”

史蒂文森这个想法真棒，不是吗？

没错，只要愿意接纳途中的美好，广阔的世界真的处处充满欢乐。而接纳美好的唯一秘诀是：顺其自然。在乡下，有趣的事更是不少。我能走到任何人的地里，饱览各家景致，踏进所有小溪，尽情享受，就好像我拥有那一切一般——而且还不用交税！

星期六

现在是星期天晚上，已经快十一点。我本该已进入甜蜜的梦乡，却因为晚饭喝了黑咖啡，梦乡之旅只能泡汤。

今天早上，森普尔太太非常坚决地对杰维少爷说：“为了十一点赶到教堂，我们必须十点一刻出发。”

“好的，好的，莉齐，”杰维少爷说，“你去准备马车吧，到时候我如果还没穿戴整齐，你就先走，不必等。”

“我们会等你的。”她说。

“那随便你，”他说，“只是别让那些马站太久。”

趁森普尔太太去换衣服，杰维少爷叫卡丽打包好午餐，又叫我赶紧换上运动服，我们就从后门溜出去钓鱼了。

这可让全家人都乱了套。因为洛克威洛农场星期天都是两点吃正餐，杰维少爷却要求七点再吃。总之，他想什么时候吃就什么时候吃，仿佛这地方是餐馆一样。结果，卡丽和亚玛撒就没法儿驾车同行了。不过，杰维少爷说这样更好，也不能老辛苦他俩驾车。其实，这是他想自己载我出去吧。如此有趣的事，您听说过吗？

可怜的森普尔太太认为，星期天出门钓鱼的人以后肯定会堕入烈焰般炽热的地狱。她非常不安，觉得自己没在杰维少爷年幼无知时将他教育好。而且，她本来还想把他带进教堂好好炫耀一番的。

总之，我们钓了鱼（他钓到四条小鱼），中午还生火烤鱼，权当午餐了。鱼儿老从削尖的木棍上掉进火里，所以有点儿烟灰味，但还是被我们吃了个精光。

我们四点回到家，五点又驾车出门，七点吃晚餐。十点，他们送我上床睡觉。于是，我就在这儿给您写信。

不过，我现在有些困了。晚安。下面画的是我钓到的一条“鱼”。

星期天

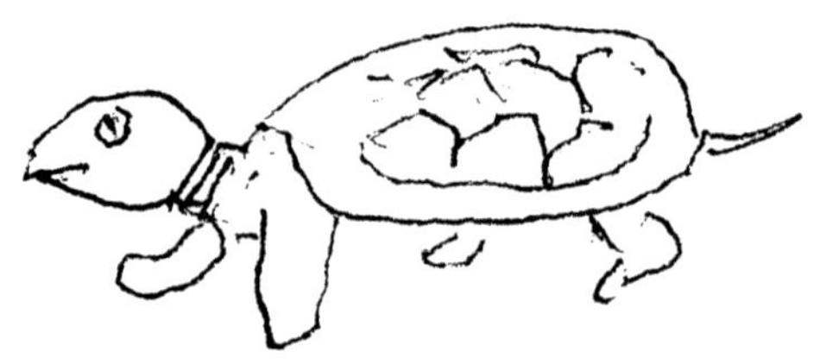

第五十一封

喂，长腿船长！船来啦！

停住！把缆绳拴上！哟嗬嗬！快来瓶朗姆酒！

您猜，我在读什么？

我们这两天聊的全是航海和海盗之类的事。《金银岛》真有意思，不是吗？您读过吗？您小时候，这书出版了吗？当时，史蒂文森只拿到三十英镑的连载版权费。我觉得，对一个如此伟大的作家来说，这真是太不可思议。或许，我应该去学校当老师。

真抱歉，我的信里全是史蒂文森。我最近满脑子都是他。洛克威洛农场的图书室里也几乎全是他的书。

叔叔，可别说我信里汇报得不够详细。真希望您也能到这儿来。这样，我们就能共度一段美好时光了。我希望自己不同的朋友能彼此认识。我还想问问杰维少爷是否认识您呢。你们都在纽约，我想他或许认识您。你们肯定在同一个上流社会圈吧。而且，你们都对改革之类的事感兴趣。但因为不知道您的真名，所以我无从问起。

我竟然不知道您的名字，这真是我碰到的最愚蠢的事。李皮特夫人警告过我，说您非常古怪。我看也是！

CARTERS VEGETABLE SEEDS

深爱您的

朱迪！

又及：

重读了一遍信后，我发现也不是满篇都是史蒂文森，有一两处也稍微提了提杰维少爷。

第五十二封

亲爱的叔叔：

杰维少爷走了，我们都很想念他！当你习惯了某个人、某些地方或某种生活方式，突然失去，真是有种空落落的噬心之感。我觉得跟森普尔太太聊天真是愈发味同嚼蜡了。

还有两周开学。又能继续学习，我很高兴。不过，今年夏天我也挺用功，已经写完六则短篇小说和七首诗，并把它们都投给了杂志社。虽然它们都以最快的速度，被彬彬有礼地退了回来，但我才不在乎，因为这是很好的锻炼。退稿是杰维少爷从邮局拿回来的，所以他也读了读。他说我写得糟糕透顶，完全不知所云（杰维少爷从不会为了礼貌拐弯抹角）。不过，他说最后那篇写大学生活的文章倒是不赖。于是，他用打字机将它打了出来，让我寄给一家杂志社。如今已经过去两周，他们或许还在仔细考虑吧。

您真该看看这会儿的天空！到处都是奇异的橘色亮光，暴风雨快来了。

说时迟，那时快，豆大的雨点儿就落了下来，所有百叶窗都被吹得哗哗作响。我只得赶紧去关窗，卡丽则抱起几个奶锅，冲上阁楼，找到屋顶漏雨处，把它们放在下面接水。我正准备重新拿起笔，却突然想起马修·阿诺德的诗集落在了果园的一棵树下，只得赶紧冲出去取。结果，那几本书还是湿透了，封皮的红色颜料也浸入内页。以后，《多佛海滩》上汹涌澎湃着的就是粉色浪花啦。

暴风雨会给乡下生活带来很大麻烦。因为你总得惦记着外面的很多东西，生怕它们被淋坏。

9 月 10 日

叔叔！叔叔！您猜怎么着？邮差刚刚带来两封信。

第一封：我的小说被录用啦！稿费 50 美元。

因此，我是一个作家啦！

第二封信是学校秘书处寄来的。我得到了两年的奖学金，住宿费和学费全免。这笔奖学金专为“英文成绩优异，其他功课也良好”的学生而设。我竟然真的得到了！虽然离校前提交了申请，但我完全没想到自己真能拿到。毕竟，我一年级的几何和拉丁语写作都考得很糟糕。看来，我之后的表现弥补了这一缺陷。

叔叔，我真高兴呀！因为如此一来，我就不是您的负担了。您只需每个月给我点儿零用钱就够了。而且，没准儿我还能通过写作、家教或别的什么事，自己挣些钱。

真想赶紧返校，开始学习。

您永远的

乔若莎·艾伯特

《二年级生大获全胜》作者

所有报亭均有售，售价十美分

星期四

我很漂亮

大学三年级时的信

第五十三封

亲爱的长腿叔叔：

我回到了学校，并正式成为高年级学生啦！我们今年的书房比往年都好，不仅坐北朝南，还有两扇大窗。噢！房间里的家具也非常齐全。朱莉娅比我早到两天，因为有花不完的零用钱，所以她正非常狂热地布置房间。

我们买了新墙纸、富有东方韵味的地毯和桃花心木椅——去年的椅子只是漆成桃花心木色，我们就已经够高兴了，今年居然是真正的桃花心木椅。房间布置得非常漂亮，我却觉得自己仿佛不属于这里，老是提心吊胆，生怕把墨水溅到不该溅的地方。

还有，叔叔，我一到学校，就发现您的信早就到了——抱歉，我指的是您秘书的信。

为什么我不能接受那笔奖学金，您能给我一个合理的理由吗？我完全想不通您为何反对。但不管怎样，现在您反对也没用了，因为我已经接受那笔钱，并且不会改变主意！这听起来或许有点儿无礼，但我不是有意冒犯。

我想，您是觉得既然决定资助我，就要善始善终，等我拿到毕业证书，才算完美结束吧。

可是，请稍微站在我的角度想一想。无论您有没有支付全部四年的学费，我能接受教育这事，也全是您的功劳。如今的差别只在于，奖学金能让我少负一些债。我知道您不要我还钱，但不管怎样，我还是想尽力去还。原本以为这辈子都得拿来还债，现在看来，估计只需半辈子就够了。

希望您能理解我的立场，千万别生气。以后，我仍会满心感激地接受您给的零用钱。因为，朱莉娅和她那些家具真是太花钱了！真希望她能简朴一些，或者干脆别做我的室友。

这其实不怎么算得上是一封信。我本想写封长信，但我刚缝完四幅窗帘和三幅门帘（真高兴您看不见这些针脚有多粗糙），用牙粉给一张黄铜桌抛光（这活儿可辛苦啦），用指甲剪剪断挂画的金属丝，拆了四箱书，收拾完两大箱衣服，（有点儿难以置信吧，乔若莎·艾伯特有满满两箱衣服？她真的有！）在此期间，还跟五十个亲爱的朋友打了招呼。

开学日真欢腾！

晚安，亲爱的叔叔。您的小鸡想自己出去觅食，您可别难过。她会长成一只精神抖擞的小母鸡，披着漂亮的羽毛，非常坚定地昂首咯咯叫。

深爱您的

朱迪

9 月 26 日

第五十四封

亲爱的长腿叔叔：

您怎么还在念叨奖学金的事？我真是从没见过您这样固执己见、不讲道理、野蛮强横、不能将心比心的人。

您说，我不应该接受陌生人的恩惠。

陌生人？那您又是什么人，上帝吗？

对我而言，这世上还有比您更陌生的人吗？即便在大街上碰到，我也无法认出您。所以，您瞧，您要是个通情达理的人，经常给您的小朱迪写些令人高兴、充满慈爱的信，时不时过来看看她，拍拍她的脑袋，说您很高兴她是个好女孩，那么，她或许就不会公然藐视年迈的您，反而会像孝顺的女儿一样，遵从您哪怕最微小的意愿。

事实上，您才是实实在在的陌生人。史密斯先生，您就像活在玻璃房子里的人。

再说，这笔钱并不是恩惠。它是我通过努力学习赢得的奖赏。我如果英文不够好，委员会也不会把这笔奖学金颁给我呀。这项奖励都空缺好几年了！不过，跟一个男人争辩有什么用？史密斯先生，你们男人都不懂逻辑。要说服一个男人，只有两种方法：要么哄骗，要么翻脸。我可瞧不起为了达到目的，就去哄骗男人的人，所以，我只能跟您翻脸啦！

先生，我拒绝放弃奖学金。您要是再小题大做，我宁愿给愚蠢的一年级新生当家教，即便筋疲力尽，也不再接受您每月给的零用钱。

这是我的最后通牒！

还有，请听好，我有个想法。既然您如此担心我拿了这笔奖学金，就会剥夺其他人受教育的权利，那这么着——您可以把原本打算花在我身上的钱，拿去供约翰·格里尔之家别的小女孩读书。您不觉得这是个好主意吗？只不过，叔叔，您尽可以慷慨地资助那个女孩，但请不要喜欢她多过喜欢我。

无视了您秘书在信中提出的那些建议，相信您不会难过吧？如果您真觉得难过，我也没办法。叔叔，您真是个被宠坏的孩子。从前，我一直都顺从地接受您的一切指示，哪怕只是些一时兴起的怪念头。但这一次，我坚决不妥协。

已经下定决心，绝不反悔，永不动摇的
乔若莎·艾伯特
9 月 30 日

第五十五封

亲爱的长腿叔叔：

今天我去镇上买了一瓶黑鞋油、几条衣领、一块做新衣服的料子、一瓶紫罗兰面霜和一块橄榄油香皂。这些都是生活必需品，离了哪样我都不痛快。准备付车费时，我才发现钱包落在另一件外套的口袋里了，于是只好下车，改乘下一班，结果体育课就迟到了。

记性不好，偏偏又有两件外套，真糟糕！

朱莉娅·彭德尔顿邀请我去她家过圣诞节。史密斯先生，您有没有吓一跳？想想看，约翰·格里尔之家的乔若莎·艾伯特跟一帮有钱人同桌吃饭。朱莉娅最近似乎很喜欢黏着我，真不知道为什么。但说实话，我更想去萨莉家，但朱莉娅先发出邀请。所以，要是我真要去哪儿，肯定是纽约，而非伍斯特。一想到要看见那么多彭德尔顿家的人，我就很害怕。而且，我还得为此添置很多新衣服。亲爱的叔叔，如果您来信，说您更希望我安静地待在学校，我肯定一如既往地乖乖顺从您的意愿。

最近，我一直在抽空读《托马斯·赫胥黎的生平与书信》。这真是本轻松愉快的好书。您知道什么是始祖鸟吗？那是一种鸟吗？还是一种恐龙？我不知道，但我想，那应该是进化链上某个消失的物种，就像有牙齿的鸟或长翅膀的蜥蜴一样。

今年我选修了经济学。这真是门很有启发性的学科。等学完这门课，我打算选修“慈善与改革”。理事先生，到时候，我就知道如何经营一家孤儿院了。您不觉得，如果有选举权的话，我一定是个很棒的选民吗？上周我就满二十一岁了。国家竟然不需要我这样一个诚实可靠、受过教育、勤勉又聪慧的选民，真是莫大的浪费！

您永远的
朱迪
11 月 9 日

第五十六封

感谢您批准我拜访朱莉娅家。我想，您的沉默就表示默许吧。

最近，我们的社交生活真是丰富多彩！上周，学校举办了庆祝建校的舞会，因为舞会向来只接纳高年级学生，所以我们都是第一次参加。

我邀请了吉米·麦克布赖德，萨莉邀请了他在普林斯顿大学的室友——那是个非常英俊的红发小伙儿。去年暑假，他也参加了麦克布赖德家的露营。朱莉娅邀请了一个来自纽约的男孩。那人不怎么有趣，但在社交场合的表现还是无可指摘的。他是德·拉·梅特·奇切斯特的人。您或许知道这个家族，但对我来说，这姓氏毫无意义。

总之，星期五下午，我们的客人都来了，刚好赶上在四年级宿舍的走廊上喝下午茶，然后又急匆匆地前往酒店吃晚餐。他们说酒店房间全订满了，所以，几人最后只能并排睡在台球桌上。吉米·麦克布赖德说，如果下次还获邀参加这种大学举办的社交活动，他就带一顶在阿迪朗达克州立公园露营时用过的帐篷来，在校园里就地扎营。

七点半，他们赶回学校参加校长接待会和舞会。我们学校的庆典开始得真早！我们已经提前做好男士们的舞伴卡，每跳完一支舞，我们便按字母顺序把他们分组排好。

这样，跳下一支舞时，其他舞伴就能更容易地找到他们。比如：吉米·麦克布赖德接到邀请前，都得耐心地等在 M 组里（照理说，他至少应该站在原地等，结果却走来走去，老跟 R 组、S 组或其他组的人混在一起）。我发现，他真是个很难伺候的客人。而且，因为只跟我跳了三支舞，他还不高兴，说跟其他不认识的女孩跳舞很难为情。

第二天上午，我们去听了一场合唱团的音乐会。您猜，那首滑稽的新歌是谁写的？没错，是我！噢，叔叔，您的小孤儿就要成为一个大人物啦！

总之，这两天我们玩得很开心，男士们应该也很开心。起初，他们中的几人还为要面对一千个女孩窘迫不已，但他们很快就习惯了。至少，我们这两位来自普林斯顿大学的朋友都礼貌地表示玩得很开心。他们还邀请我们参加普林斯顿大学明年春天的舞会。我们答应了，所以亲爱的叔叔，请您别反对。

朱莉娅、萨莉和我都穿了新裙子。您想听我说说吗？

朱莉娅的是一条带金色刺绣的乳白色绸短裙，她还搭配着戴了几朵紫色的兰花。这条梦幻般的裙子是从法国订购的，花了一百万美元。萨莉的是一条淡蓝色裙子，周围镶着波斯风格的刺绣花边。这条裙子跟她的红发很配，虽然不值一百万，却跟朱莉娅的一样漂亮。我的是一条淡粉色绉纱裙，镶米色蕾丝花边和玫瑰色纱缎，用吉米·麦克布赖德送的绯红色玫瑰点缀（萨莉提前告诉他应该送哪种颜色的花）。我们都穿了缎面浅口舞鞋和长丝袜，披着与裙子颜色相配的雪纺披肩。

这些女装方面的细节，一定让您印象很深吧。叔叔，我一直忍不住想：如果男士对雪纺纱、威尼斯针绣、手工刺绣和爱尔兰钩针编织这类字眼无动于衷，那他们的生活真是苍白无趣。而女人呢，无论她感兴趣的是孩子、微生物、丈夫、诗歌、仆人、平行四边形、园艺、柏拉图，还是桥牌，她们永远都会打心底里对“美”感兴趣。这是“世人皆有的共性”。（此句并非我原创，而是出自莎士比亚的戏剧。）

但话说回来，您想听我最近才发现的一个秘密吗？那您可得保证，不能觉得我虚荣。听好了：我很漂亮。

没错，我真的很漂亮。这房间挂了三面穿衣镜，要是这点都看不出来，我就真是个大笨蛋了。

您的一个朋友

12 月 7 日

又及：

这是封神秘的匿名信，就是您在小说里会读到的那种。

第五十七封

亲爱的长腿叔叔：

因为还有两堂课，所以我只剩一点儿时间。然后，我得收拾好一个行李箱和一个手提箱，赶四点钟的火车。不过，临走前我还是想跟您写几句话。圣诞礼盒已经收到，非常感谢。

我真是太喜欢那些皮草、项链、围巾、手套、书和钱包了，但我最喜欢的还是您！不过叔叔，您没必要这么宠我。我只是个凡人，一个普通女孩。您要拿世俗的浮华之物分散我的注意力，我还怎么一门心思地刻苦学习？

现在，我有种非常强烈的感觉。过去，有位理事经常给约翰·格里尔之家提供圣诞树和周日冰激凌。我想，我已经猜到他是谁了。虽然依旧不知道姓名，但从他的举动来看，我肯定认识他！您一生做了这么多好事，一定会幸福快乐的！

再见，祝您圣诞快乐。

您永远的

朱迪

12 月 20 日

又及：

我也送了您一个小礼物。见到它后，您会喜欢吗？

第五十八封

叔叔，我本想进城后再给您写信，但纽约真是个令人着迷的地方。

虽然这段时间的生活有趣又精彩，但我很高兴自己不属于这个家族。我甚至还是宁愿在约翰·格里尔之家长大。不管成长过程有多么糟糕，我至少不需要伪装。现在我总算知道，“为物所累”是什么意思了。那座大宅里的物欲气息太重，简直令人不堪重负。直到坐上回程的特快列车，我才终于松了口气。所有家具都精雕细琢，华丽无比，不是套着布面，就是放着垫子。我遇到的人都衣着讲究，说话轻言细语，举止得体。但说实话，叔叔，我从进门到离开，自始至终都没听到一句真心话。我想，“思想”这种东西，估计从没进过这家的大门。

彭德尔顿夫人满脑子都是珠宝、裁缝和社交活动。看起来，她的确跟麦克布赖德夫人完全不同！我以后要是结婚生子，一定尽力把孩子们培养成麦克布赖德家那样的人。就算把全世界的财富都给我，我也不愿让自己的任何一个孩子变得像彭德尔顿家的人。这样批评刚刚拜访过的人家，或许真的不太礼貌吧？如果确实如此，那我道歉。不过，这事严格保密，就我俩私下说说。

我只见到杰维少爷一次。当时，我们正在喝茶，他虽然来访，我们却没机会单独聊聊。想想去年夏天我们共度的美好时光，这可真遗憾啊。我想，他对那帮亲戚也没什么好感。我非常肯定，彭德尔顿家的人也不怎么在乎他！朱莉娅的母亲说他不太正常，是个社会主义者——不过谢天谢地，他既没留长发，也不系红领带。彭德尔顿夫人不知道他哪儿来的那些怪念头，因为家族世世代代都信奉英国国教。他的钱没用在诸如游艇、汽车和马球这类实实在在的东西上，而是用在了各种疯狂的改革上。不过，他也用钱买过糖果！圣诞节时，他给了朱莉娅和我一人一盒呢！

您知道吗？我想，我也会成为一名社会主义者。叔叔，您不会介意吧？他们跟无政府主义者很不一样，并不喜欢炸死别人。照理说，我也该是社会主义者，因为我属于无产阶级嘛。只不过，我还没想好要当哪一种社会主义者。我会在星期天仔细研究一下这个问题，下封信再向您宣布我的立场。

这些天见了太多剧院、酒店和漂亮的房子，我已经被各种玛瑙、镀金饰品、马赛克地面和棕榈树搅得晕头转向。虽然还是有些喘不过气，但重回学校面对书本的感觉让我很高兴。我真是个名副其实的学生呀，宁静的校园氛围比纽约更令我振奋。大学生活多让人满足，书本、学习和日常的课程都能让你的大脑保持活跃。脑子要是累了，你又可以去体育馆和操场上活动活动。而且，你的身边也总有很多志趣相投的朋友。我们可以整晚都不干别的，就凑在一块儿聊天，聊到睡觉时还精神抖擞，仿佛大家已经齐心协力，一劳永逸地解决了某些迫在眉睫的世界性难题。畅聊间隙，我们也总能就很多鸡毛蒜皮的小事，心满意足地开些无聊又愚蠢的玩笑，为自己说出的那些俏皮话得意不已。

快乐的真谛不在于无尽地享乐，而是从各种小事中获得大乐趣。叔叔，我发现，快乐的奥秘就是“活在当下”。永远不要为过去懊悔，也不要满心寄望未来，而要最大限度地把握当下。这就好比种地，既可以广耕，也可以细作。我呢，从此以后都要过上精耕细作的生活！我要享受每分每秒，并清醒地知道自己很喜欢享受生活的过程。大多数人都没在生活，而是跟生活赛跑。他们努力追逐某个远在天边的目标，在激烈的竞争中气喘吁吁、精疲力尽，完全无视美丽宁静的沿途风光。然后，终于有一天，他们发现自己年老体衰，此时此刻，有没有实现目标，其实都没什么差别了。而我呢，就决定坐在路边，收集点点滴滴的快乐，即便永远无法成为伟大的作家也没关系。您见过我这样的女哲学家吗？

您永远的

朱迪

1 月 11 日

又及：

今晚下起瓢泼大雨，已经有好些雨点儿打到窗台上了。

第五十九封

亲爱的同志：

万岁！我是名费边主义者。

费边主义者就是愿意等待的社会主义者。我们不想看到明天一早就爆发社会变革，这样会带来太多动荡。我们希望改革过程能循序渐进，等大家都做好承受冲击的准备后，再迎来真正的革命。

同时，我们也必须通过改革工业、教育和孤儿院，做好革命准备。

您充满同志情谊的

朱迪

星期一，第三节课

第六十封

亲爱的长腿叔叔：

这封信很短，请别生气。其实，这算不上一封信，只是一张记了寥寥几句的便条。我想告诉您：等考试全部结束，我立马就给您写信。我不但要通过所有考试，还要全部考出好成绩。毕竟，我要对得起自己拿的奖学金。

朱迪

2月11日

第六十一封

亲爱的长腿叔叔：

凯勒校长今晚发表了一场演讲，说如今的年轻人都轻率肤浅，正在丧失刻苦钻研、求真务实的古老学风。这种堕落尤其体现在我们对权威的蔑视上。而且，我们已经不像从前那样尊重长辈了。

我非常清醒地离开了礼拜堂。

叔叔，我太随便了吗？我是不是应该更尊重您，并与您保持一定距离？没错，我肯定应该这样。我这就开始重写这封信。

亲爱的史密斯先生：

我顺利通过了期中考试，这消息一定让您很欣慰吧。现在，我已经投入到新学期的学习中。虽然已经学完定量分析，我还是决定放弃化学，改修生物学。不过，选这门课时我也有些犹豫，因为我们毕竟需要在课上解剖蚯蚓和青蛙。

上周，礼拜堂中就法国南部的罗马帝国遗迹开展了一场非常有趣、有意义的演讲。就该主题而言，这是我听过最具启发性的演讲。

最近的英美文学课上，我们在读华兹华斯的《丁登寺旁》。那首诗真优美，把作者的泛神论表现得淋漓尽致！上世纪初，雪莱、拜伦、济慈和华兹华斯等代表人物发起的浪漫主义运动，比之前的古典主义运动更让我青睐。说到诗歌，您读过丁尼生那首名为《洛克斯利大厅》的迷人小诗吗?

最近我还定期到体育馆锻炼。学校建立了一套学监制度，学生要是不遵守规则，就会惹上大麻烦。有位校友给体育馆捐建了一座漂亮的游泳池。泳池由水泥和大理石筑成。室友麦克布赖德小姐把她的泳衣（因为衣服缩水，她再也穿不下了）送给我，所以我即将开始上游泳课。

昨晚的甜点是美味的粉色冰激凌。出于审美和健康考虑，学校极力反对人工合成色素，所有食物都只可添加天然色素。

近日天气很好，阳光灿烂，白云朵朵，偶尔还来场很受欢迎的春雪。我和朋友们都很喜欢步行上下课——下课后走回寝室，感觉尤为惬意。

亲爱的史密斯先生，愿您如往常一样健康。

您真诚的
乔若莎·艾伯特
3 月 5 日

第六十二封

亲爱的叔叔：

春天又来了！您真该亲自来看看校园有多美！上周五，杰维少爷又来了。不过，他真是选了个最不恰当的时间。因为萨莉、朱莉娅和我正忙着赶火车。您猜，我们要去哪儿？如果您允许的话，我要去普林斯顿大学参加一场舞会，还要看场球赛。因为预感您的秘书肯定会说“不行”，所以我没有事先征求您的意见。但我们这次行动完全合乎规矩，不仅向学校告了假，还请了麦克布赖德夫人同行。我们玩得很开心，但因为期间事情太多，也太复杂，我就把细节省略了吧！

4 月 24 日

第六十三封

天还没亮，我们就起床啦！被巡夜人叫醒后，我们六人用保温锅煮了咖啡，（您肯定没见过那么多咖啡渣！）然后步行两英里，到独木山上看日出。爬最后一个坡时，大家都不得不手脚并用！日出几乎震撼了每一个人！您或许会认为，回来后我们都没胃口吃早餐了吧？恰恰相反！

天哪，叔叔，我今天似乎太激动，满篇都是感叹号。

我还想告诉您好多东西，比如：抽芽的树；运动场上新铺的煤渣跑道；明天要上的可怕生物课；湖里那些新独木舟；凯瑟琳·普伦蒂斯得了肺炎；院长的安哥拉小猫离家出走，在弗格森大楼住了两个星期，才被一名清洁工发现；我买了三条新裙子——一条白的，一条粉红的，一条蓝色圆点图案的。我还买了一顶配衣服的帽子。但我现在太困了——我总拿瞌睡当借口，不是吗？不过，女子大学实在是个非常忙碌的地方，一天下来，我们真的会精疲力尽！尤其，今天我们天还没亮就起床了——所以，再见！

爱您的

朱迪

星期六

第六十四封

亲爱的长腿叔叔：

一个人上车后，只顾盯着前方，一眼也不看旁人，您说这算是礼貌的行为吗？

今天，有位身穿漂亮天鹅绒长裙、长得也非常漂亮的女士上了车。但整整十五分钟，她都面无表情地坐在那儿，盯着一个吊袜带广告牌看，完全无视他人，仿佛自己是在场唯一的重要人物。这种行为应该算是很不礼貌吧？总之，这么做肯定会错过很多东西。在她全神贯注地看那块愚蠢的广告牌时，我可把车里各种有趣的人都研究了一遍。

随信附上我的一幅作品。我画的看起来很像一只挂在绳上的蜘蛛，其实并不是。这是我正在体育馆的游泳池里学游泳。天花板上的滑轮垂下一条绳子。教练把这条绳子扣在我腰带上的一个环里。要是非常信任教练的话，这其实是个很不错的方法。但我总担心绳子会被突然松开，所以老是一只眼睛紧张地盯着教练，另一只眼睛看着游泳池。如此分心，结果就是进度缓慢。

最近的天气变幻无常。我刚开始写信时还在下大雨，这会儿又出太阳了。萨莉和我计划去打网球，这样就有借口不上体育课啦。

5月15日

我本该早就写完这封信，却一直拖到现在。没能定期写信，叔叔您不会介意的，对吧？我真的很喜欢给您写信，这让我觉得自己也有家人。想听我说件事吗？除了您，我也跟其他男士写信哦，而且是两个！今年冬天，杰维少爷给我写了好几封漂亮的长信（信封上的字是打印的，所以不会被朱莉娅认出笔迹）。您听过如此激动人心的事吗？还有，每过一两周，我就会收到一封字迹潦草的长信。信是从普林斯顿大学寄来的，通常都写在黄色便笺上。这些信我都会迅速回复。所以您瞧，我也像其他女孩一样，会收到别人的信呢。

我告诉您我入选高年级戏剧社的消息了吗？那是个相当讲究的社团，一千人中才选中七十五人。您觉得，作为一名坚定的社会主义者，我该不该加入戏剧社呢？

您猜，现在我对社会学的哪方面最感兴趣？我正在写论文，（很了不起吧！）题目是《关爱未成年人》。教授打乱题目，随机分配，我正好分到想写的这一篇，真不可思议，不是吗？

晚餐铃响了。我会在经过邮筒时，顺便把信寄出去。

爱您的
J
一周后

第六十五封

亲爱的叔叔：

我最近非常忙。再过十天，就是本学期的结业典礼了，明天还有几门考试。我一直忙着学习和收拾众多行李。外面的世界如此美丽，只能待在屋里可真难受。

但没关系，假期就要到了。今年夏天，朱莉娅又要出国，这已经是她第四次出国。毫无疑问，叔叔，美好的东西总是无法平均分配的。萨莉会跟往年一样，去阿迪朗达克的营地。您猜，我要去哪儿？您可以猜三次。洛克威洛农场？错！跟萨莉去阿迪朗达克的营地？错！（去年真是灰心丧气，我才不想再试一次。）您就不能猜点儿别的吗？真没创意。我来告诉您吧，叔叔，如果您能保证不反对的话。我要提前警告您的秘书：我主意已定，绝不更改。

今年夏天，我要去海边的查尔斯·佩特森太太家，为她即将在秋天进入大学的女儿辅导功课。我通过麦克布赖德太太认识了这位迷人的佩特森太太。我也要给她的小女儿上英文课和拉丁语课。虽然如此一来，我自己的时间就不多了，但我每个月能挣五十美元呢！您不觉得薪水简直高得过分吗？这是她提出来的，要是换我自己说，估计连二十五美分都不好意思开口。

我在马格诺利亚（佩特森太太住的地方）的工作会干

到 9 月 1 日。剩下的三周，我可能会在洛克威洛农场度过。我很想再去看看森普尔夫妇和那些可爱的动物们。

叔叔，我的计划有没有让您大吃一惊？您瞧，我已经变得越来越独立。是您扶我站起来的，现在，我几乎已经可以独立行走啦。

普林斯顿大学的毕业典礼跟我们的考试正好在同一天，真糟糕！萨莉和我很想及时赶过去，但当然啦，那是完全不可能的。

再见，叔叔。祝您度过一个愉快的夏天，好好休息休息吧。秋天再回来时，才能精神抖擞地迎接新学年的工作（这应该是您对我说的话才对）。我完全不知道您在夏天会干什么，也不知道您会怎样娱乐。我想象不出您的生活环境。您会打高尔夫球、打猎、骑马，还是仅仅坐在太阳下沉思？

总之，无论您做什么，愿您开心！还有，别忘了朱迪。

6 月 4 日

第六十六封

亲爱的叔叔：

这是我写得最艰难的一封信，但我已经决定必须要做的事，实在没有半点儿转圜余地。您真是太好、太慷慨了，居然提出要送我去欧洲过暑假。刚得知这个消息时，我真的欣喜若狂。但转念一想，我认为自己不能接受。既然都拒绝了您提供的大学学费，现在却要把这笔钱用在玩乐上，也太不合逻辑了！您不能纵容我太过奢侈。人不会想念从未得到的东西，可一旦开始认为某些东西天生就是自己的，那离了那样东西，就非常难过了。跟萨莉和朱莉娅住在一起，我信奉的斯多葛哲学已经受到很大冲击。她们都是一出生就拥有很多，认为获得快乐是理所当然的事，甚至认为想要的每样东西，都是世界欠她们的。不管怎么说，世界似乎承认并付清了那些债务。但对我而言，世界不仅没有任何亏欠，还从一开始就明确地告诉了我这点。我没有借贷的权利，因为总有一天，世界会拒绝清偿我的债务。

我似乎用了一大堆不知所云的隐喻，希望您读懂了我的意思。无论如何，我非常强烈地认为，今年夏天，我唯一该做的事就是好好教书，开始学着自力更生。

6月10日

我刚写完上面那些话，您猜出了什么事？一位用人就送来杰维少爷的卡片。今年夏天他也要出国，但不是跟朱莉娅和她的家人一起，而是独自出行。我告诉他，您也曾邀请我在一位年长女士的陪伴下出国。叔叔，他听说过您。而且，他也知道我父母双亡，有一位好心的绅士送我上大学。我只是还没勇气告诉他约翰·格里尔之家和剩下的那些事。他认为您是我的监护人，也是我家的老朋友。我从没告诉他我根本不认识您，因为这听起来实在太奇怪了。

总之，他坚持认为我应该去欧洲。他说，那是教育不可或缺的一部分，我绝对不能拒绝。而且，到时候他也会去巴黎，我们还能偶尔离开那位负责陪护的女士，在充满异国情调、漂亮又有趣的外国餐厅共进晚餐。

哎呀，叔叔，我的确动心了！如果他的口气没那么专横霸道的话，我几乎就要屈服了。或许，我应该彻底屈服。我可以被一步步地引导，却无法接受逼迫。他说我又蠢又笨，荒唐固执，像堂吉诃德一样不切实际（这些只是他用来批评我的一小部分词汇，别的我记不住了），根本不知道什么才是对自己有用的东西。他还说我应该听年长者的劝。我们差点儿吵起来，我不确定那算不算吵架，但当时我们的确针锋相对！

总之，我飞快地收拾好行李，就到这儿来了。我想，我最好还是先一把火烧掉所有退路，再来写完这封信——

此刻，退路已经全部化为灰烬。好啦，我已经登上“崖顶”（佩特森太太小屋的名字），开箱收拾好行李。而且，弗洛伦丝（这家的小女儿）已经开始与第一组名词变格斗争了。这的确是场斗争！小姑娘完全被宠坏了，我还得先教她如何学习。除了吃冰激凌、喝苏打汽水，她这辈子恐怕都没专心干过别的事。

我们在山上找了个安静的角落当教室，因为佩特森太太希望我能带孩子们到户外去。要我说，看着眼前的碧蓝大海和过往船只，真是很难集中注意力——尤其是想到我本可能乘上其中一艘船，去向异国他乡的时候。不过，我一定会控制住自己，除了拉丁语语法，别的什么都不想。

前置词 a，ab，absque，coram，cum，de，e 或 ex，prae，pro，sine，tenus，in，subter，sub 和 super 都可以引导夺格。

所以，叔叔您瞧，我已经全身心地投入工作，目光也坚定地避开了诱惑。求求您千万别生我的气，也别认为我不珍惜您的好意。其实，我一直一直都很珍惜。我只能通过一种方式报答您，那就是成为一个有用的公民。总之，我一定会成为一个非常有用的人——等您看到我时，您就可以说：“我为世界培养了一个非常有用的人。”

听起来很不错，对吧，叔叔？不过，我不想误导您。我常常觉得自己一点儿都不出色。虽然做职业规划很有意思，但最后我很可能变成一个与他人无异的普通人。或许，我会嫁给一位企业家，成为他工作的动力。

您永远的
朱迪
四天后
马格诺利亚

第六十七封

亲爱的长腿叔叔:

从我的窗户望出去，可以看见最美丽的景色——确切地说，是最美丽的海景，因为这里除了水和岩石，什么也看不见。

暑假一天天过去。每天上午，我都在教两个笨女孩学拉丁语、英语和代数。真不明白玛丽昂要怎么上大学，或者说，进入大学之后，她该怎么待下去。至于弗洛伦丝，噢，天哪，她简直无可救药，真是可惜了那张漂亮的脸蛋。我想，只要长得漂亮，蠢不蠢都没关系了吧？不过，我又禁不住想，她们的言谈该多令丈夫生厌啊！除非她们足够幸运，找到同样愚蠢的丈夫。我想这是很有可能的，毕竟这世上似乎到处都是蠢男人。今年夏天，我就遇到好几个。

下午，我们会去崖上散步，如果风平浪静，还会下海游泳。我已经能在海中畅游。您瞧，我接受的教育总算派上了用场！

杰维斯·彭德尔顿先生从巴黎寄来一封相当简短的信。因为拒绝了他的建议，所以他还没完全原谅我。不过，如果能及时回国，他会赶在大学开学前去洛克威洛农场，跟我聚几天。我猜，我要是能表现得甜美乖巧，或许能重新获得他的喜爱。

萨莉也寄来一封信。她希望我九月能去营地住两周。我得经过您的许可吗？我还不能自己拿主意吗？不，我肯定能，我都是大四学生啦。辛苦工作了整个夏天，我想来点儿健康的娱乐。我想去看看阿迪朗达克山脉，想去见见萨莉，也想见见萨莉的哥哥。吉米要教我划独木舟（这才是我的主要目的）。而且，我也想让杰维少爷在洛克威洛农场扑个空，发现我根本不在那儿！

我一定要让他瞧瞧，他才不能命令我！叔叔，除了您，谁都不能命令我。不过，您也别老是命令我哦！现在，我要去森林啦。

朱迪

8 月 19 日

第六十八封

亲爱的叔叔：

真高兴您的信没及时送到。您要是希望我遵守命令，就必须让秘书在两周内把信送到。您瞧，我已经到营地五天啦！

森林和营地很美，天气很好，麦克布赖德一家对我也很好。整个世界都如此美好，我太开心啦！

吉米叫我去划独木舟了，再见！抱歉没遵从您的意见，但您为何如此固执，总不让我稍微玩一下呢？整个夏天我都在工作，理应休息两星期吧！您真固执，自己不玩，还不准别人玩！

不过，叔叔，尽管您有很多缺点，我还是爱您。

朱迪

麦克布赖德家的营地

9月6日

正在努力的作家

大学四年级时的信

第六十九封

亲爱的长腿叔叔：

我回到学校啦！现在，我不仅成了名大四学生，还当上了《月刊》的编辑。真不可思议，对吧？如此成熟的人，四年前还只是约翰·格里尔之家的小孤儿。在大学，我们的确可以快速成长！

下面这件事您怎么看？杰维少爷让洛克威洛农场转给我一张便条，说他很抱歉，因为已经接受邀请，要跟几个朋友乘快艇出游，所以今年秋天无法去农场了。他让我好好享受乡间风光，并祝我暑假愉快。

"MERRITT" TYPE WRITER
SPACE
CAP'S

他早就知道我跟麦克布赖德一家在一起，因为朱莉娅已经告诉他了！这种心机还是留给女人来耍吧，你们男人的手段真是太拙劣了！

朱莉娅买了一大箱漂亮的新衣服。其中有条五彩缤纷的利伯蒂绉纱裙，美得简直可以给天使们穿。我还以为我今年的衣服已经美得空前绝后（有这个词吗？）了呢。那是我找了个便宜的裁缝，仿照佩特森太太衣橱里的那些衣服做的，虽然跟原版还是有点儿差别，但我已经很高兴了——直到朱莉娅打开她的箱子。现在，我只求有生之年能去巴黎看看！

亲爱的叔叔，您是不是在为自己不是女孩而高兴？我想，您肯定认为，在衣服上都如此小题大做，我们真是太蠢了！没错。这点毋庸置疑。不过，这全都是你们的错。

您听说过那位博学的赫尔教授吗？他蔑视不必要的装饰，认为女性应该穿实用的衣服。他温顺的妻子就接受了那场“服饰改革”。您猜他之后做了什么？他跟一个歌舞团的女人私奔了！

您永远的
朱迪
10月3日

又及：

负责打扫我们这层楼的清洁工老穿旧得不能再旧了的蓝色方格裙。我打算送她几条棕色的新裙子，把那些蓝色的全丢进湖里。每次看到那些衣服，都会让我想起一些不寒而栗的往事。

第七十封

亲爱的长腿叔叔：

我的文学事业遭受了重大打击。我不知道该不该告诉您，但我真的需要一点儿同情。您只需要默默地同情就行，下封信里别再提了，免得又揭我伤疤。

我在写一本小说。去年冬天的每个晚上和今年夏天没教那两个丫头学拉丁语的所有闲暇时光里，我都在写那本书，终于赶在开学前完成，把它寄给了一位出版商。两个月没回音，我都以为他肯定接受那本稿子了，谁知昨天早上快递就到了（邮费到付，三十美分）。稿子被退了回来，那位出版商还寄了封信，措辞虽然友善和蔼，却也相当直白！他说，看地址知道我还在读大学，如果我听得进劝，他建议我先把所有精力投入到学习中，毕业后再开始写作。随信还附了份他作为读者的读后感，原文如下：

“情节太过荒诞，人物塑造得太过夸张，对话生硬。虽然有不少幽默之处，品味却大多不佳。请继续努力，假以时日，或许能写出一本真正的小说。”

并不算恭维，是吧，叔叔？我还以为自己能为美国文学新添一本名著呢。我真是这么想的，计划要在毕业前写出一部让您吃惊的伟大小说。去年圣诞节在朱莉娅家时，我就开始收集素材了。不过，我想那位出版商说得对，短短两周，的确不够观察那么大一座城市的风俗人情。

昨天下午，我带着书稿外出散步。经过煤气房时，我走进去，问那位技师是否能借用一下他的炉子。他礼貌地拉开炉门，我亲手把稿子扔了进去，那感觉真像烧死了自己唯一的孩子！

昨天晚上，我极其沮丧地上床睡觉，觉得自己这辈子都不会有什么成就了。您花在我身上的钱，估计也全都白费了。但是，您猜怎么着？今天早晨一醒来，我脑子里就跳出一段非常棒的新情节。我一整天都在构思书中的各种人物，快活得不得了。现在，没人能说我是个悲观主义者了吧！就算哪天我的丈夫和十二个孩子都在地震中一命呜呼，第二天早晨，我还是会微笑着振作起来，开始新的生活。

爱您的
朱迪
11 月 17 日

第七十一封

亲爱的长腿叔叔：

昨晚，我做了个非常有趣的梦。我梦见自己走进了一间书店，店员递给我一本新书，书名是《朱迪·艾伯特的生平与书信》。我看得清清楚楚，那是本红色布面精装书，封面上画着约翰·格里尔之家，我的肖像印在卷首插图页，图下写着："您最真挚的，朱迪·艾伯特"。不过，正准备翻到最后一页看看作者墓志铭时，我就醒了。真讨厌！只差一点儿，我就知道自己会嫁给谁，以及会活到什么时候了。

如果真有一位无所不知的作者，忠实而完整地记录了您的一生，不是件挺有趣的事吗？假设读到这本书的前提条件是：您永远都不会忘记书中的内容，并且必须严格按照书里的描写活着；您能预知未来发生的每件事，甚至知道自己确切的死亡时间。如此一来，您觉得多少人有勇气读这本书？或者说，有多少人能忍住好奇，不去读它，即便代价是从此以后都过上没有希望和惊喜的日子？

生活本身已经够单调，往往就是吃了睡，睡了吃。想想看，如果两顿饭之间再不发生一些意料之外的事，那肯定会单调乏味至极！天哪，叔叔，笔漏墨了。可我已经写到第三段，不想再重写。

今年我要继续学生物学。这是门非常有趣的课。我们正在学不同动物的消化系统。猫的十二指肠切片在显微镜下可爱极了，您真该来看看。

我们还学了哲学。这也是门有趣的学科，但实在有些难记。相比而言，我更喜欢生物，因为学这门课，你可以让研究对象实实在在地待在板子上。又来一滴！又来一滴！我的钢笔哭得太厉害，请原谅它的眼泪。

您相信自由意志吗？我完全相信！有些哲学家认为，每项行为都是各种原因自动叠加后产生的必然结果。我完全不赞同这种观点，真是太不道德——这么说来，每个人都不必为其行为负责了。一个人如果相信宿命论，自然会说一句："上帝自有安排。"然后就坐着等死。

我完全相信自己拥有自由意志，并且可以凭自己的能力实现梦想。这是一种可以移山填海的信念。等着瞧吧，我一定会成为伟大的作家！我的新书已经完成四章，第五章的草稿也完成了。

这真是封挺难懂的信，叔叔，您不会看得头疼吧？我想，那我们就先聊到这儿，我还要做些乳脂软糖。很抱歉无法寄一块给您。这次的糖肯定非常好吃，因为我们不仅用了真正的奶油，还用了三颗黄油球。

深爱您的

朱迪

12 月 14 日

又及：

我们在体育课上学跳舞，跳得可美啦！您可以瞧瞧下面那幅画，我们多像真正的芭蕾舞者呀！最边上那个单足旋转、姿态优雅的人就是我。

第七十二封

我亲爱的、亲爱的叔叔：

您没发疯吧？您不知道，绝对不该一口气送一个女孩十七件圣诞礼物吗？请您记住，我是个社会主义者。您想把我变成富豪吗？

想想看，我们要是吵起来了，那得多尴尬啊！我还得雇辆搬家卡车，才能把您的礼物退回去。

真抱歉，我送您的领带歪得那么厉害。那是我亲手缝制的（您只要翻翻内衬，肯定就看出来了）。您可以天冷的时候系上，然后扣紧领口。

谢谢您，叔叔，非常感谢您。我想，您真是有史以来最贴心、也最傻的人！

朱迪

12 月 26 日

随信附上一片从麦克布赖德家营地采来的四叶草，祝您新年行好运。

第七十三封

叔叔，您想做点儿什么，以确保能获得永恒的救赎吗？这儿有户人家陷入了绝境。这家有妈妈、爸爸和四个孩子——另外还有两个大点儿的男孩，但他们早已外出营生，至今杳无音讯，没寄过一分钱回来。爸爸在玻璃厂干活儿，得了肺病，因为那里的工作环境非常有害健康。爸爸被送进医院后，家里的积蓄都花光了。如今，全家人都靠二十四岁的大女儿养活。她是个裁缝，能接到活儿时，白天可以赚一美元五十美分。晚上，大女儿还得绣桌布。妈妈身体孱弱，什么也干不了，却一副虔诚笃信的模样。大女儿成日过度操劳，在忧虑和责任中“慢性自杀”，妈妈却只会双手合十，向上苍祈祷。大女儿实在不知道该如何熬过这个冬天，我也不知道。只要一百美元，他们就能买些煤炭，给另外三个孩子买双鞋去上学。剩下的一些余钱，也能让大女儿不必因为几天接不到活儿而忧心忡忡。

我认识的人中，就数您最有钱。您能分出一百美元吗？那个女孩比我更需要帮助。要不是为了她，我也不会向您开口。那个窝囊透顶的妈妈，我才不想管。

有些人即便很肯定事实并非如此，也会抬眼望天，嘴里念叨“或许这就是最好的安排”——这种人最可气！您爱怎么形容都行，无论这是谦卑，还是隐忍，在我看来，就是无能和懒惰。我宁愿信奉一种更为积极的宗教！

我们的哲学课马上就要学到最难的部分——明天讲叔本华。教授似乎没意识到我们还要学别的科目。他是个古怪的老家伙，思绪总是天马行空，偶尔脚踏实地一回，才晕乎乎地眨眨眼睛。他会时不时说点儿俏皮话，以活跃课堂气氛。我向您保证，虽然大家都努力微笑，但他的笑话其实一点儿都不好笑。不上课时，他整天都在琢磨物质到底是真实存在的，还是仅存在于他的想象中。

我非常肯定，那个当裁缝的女孩绝不会有半点儿怀疑——对她来说，物质当然是存在的！

您猜我把新小说放哪儿了？垃圾桶！我自己都看得出来写得太糟糕。如果连深爱它的作者都这么认为，又怎么能指望挑剔的公众给出好评呢？

1月9日

叔叔，我是在病床上给您写的信。

因为扁桃体又发炎，我已经卧床两天，只能喝些热牛奶。医生问我："你爸妈到底是怎么想的？怎么没趁年幼时为你治掉病灶？"我怎么知道？但我想，他们的确没怎么为我着想吧。

您的

朱迪

片刻后

封口前，我又把信读了一遍。真不知道我为什么要把自己的生活描写得如此惨淡。所以，我要赶紧向您保证，我还是那个积极乐观、充满朝气的年轻人。我想，您应该也一样。只要灵魂充满活力，年轻其实与年龄无关。因此，叔叔，就算头发花白，您依然能当小男孩。

深爱您的

朱迪

第二天早上

第七十四封

亲爱的慈善家先生：

您寄给那家人的支票昨天已经收到，真是太感谢了！午饭后我逃了体育课，立刻把支票送了过去。您真该看看那女孩的表情！她是那么惊喜，那么如释重负，几乎年轻了好几岁。其实，她也只有二十四岁呀，真可怜，不是吗？

总之，她现在觉得所有好事都凑到一起了。未来的两个月，她都有稳定工作，因为有人要结婚，请她帮忙缝制嫁妆。

她妈妈明白那张小纸片能换来一百美元时，禁不住大喊了一声：“感谢仁慈的上帝！”

“跟仁慈的上帝没关系，”我说，“这是长腿叔叔给的钱。”（其实，我那会儿说的是“史密斯先生”。）

“但那是上帝叫他这么做的。”她说。

“才不是！是我叫他这么做的。”我说。

但无论如何，叔叔，我相信仁慈的上帝一定会赐福给您。您至少一万年都不用下地狱。

无比感激的

朱迪

1月12日

第七十五封

卓越的陛下：

今天早餐，我吃了一个冷火鸡派和一只鹅，还叫人端来一杯以前从未喝过的中国茶。

叔叔，别紧张，我没发疯，只是在引用塞缪尔·佩皮斯的话而已。我们正在历史课上读他的作品，读的还是原始文稿。萨莉、朱莉娅和我现在都用 1660 年的语言交谈，您听听这个：

“我要去查令十字街看哈里森上校受绞刑。之后，他还要被开膛破肚。对于处在这种情况下的人来说，他看起来还算愉快。”

您再听听这句：“正跟爱人共进晚餐，她还在沉痛哀悼昨日死于斑疹热的兄弟。”

现在开玩笑似乎太早了，不是吗？塞缪尔的一个朋友出了个馊主意，让国王把腐烂变质的食物卖给穷人，以筹款清偿债务。改革家先生，这事您怎么看？如今，我可不认为穷人还像报纸上写的那么坏。

塞缪尔跟女人一样热衷于服饰。他花在衣服上的钱是妻子的五倍。看来，当时是丈夫们的黄金时代。这点是不是很有意思？您瞧，他真的很诚实：“今天，我那件上好的镶金扣驼毛呢斗篷到了。这衣服可花了我不少钱。愿上帝保佑我能付得起这笔钱。”

通篇都是塞缪尔，真抱歉。我正在写一篇关于他的专题报告。

叔叔，自治委员会取消了晚上十点熄灯的制度，您觉得怎么样？现在，只要不打扰他人，娱乐时不弄出太大动静，我们就可以整夜不关灯。新规定真是对人性的赞美。但能想什么时候睡，就什么时候睡了，我们反而不再熬夜。一到九点，大家就开始点头打盹儿，到九点半，更是连笔都握不稳了。现在就九点半啦，晚安！

2月15日

我刚从礼拜堂回来。今天的牧师来自佐治亚州。他说，增进学识的过程中，务必注意别以牺牲天赋情感为代价。但我觉得，那真是场糟糕又乏味的布道（这句话也是塞缪尔说的）。无论这些牧师来自哪儿，美国也好，加拿大也罢，布道内容总是大同小异。他们干吗不去男子学校，劝那里的学生少动脑子，以免毁了男子天性？

今天天气很好，虽冰天雪地，却晴空万里。一吃过饭，萨莉、朱莉娅、马蒂·基恩、埃莉诺·普拉特（您或许不认识，但她们都是我的朋友）和我就穿上短裙，穿过乡野，一路走到“水晶泉”。我们点了炸鸡和华夫饼当晚餐，然后请“水晶泉”老板驾平板马车送我们回去。我们本该七点回校，结果却破例八点才到。

再见，好心的先生。

很荣幸，我是陛下您：
最忠实、最尽责、最可靠、最顺从的侍从
乔若莎·艾伯特
星期天

第七十六封

亲爱的理事先生：

明天是这个月的第一个星期三，也是约翰·格里尔之家的孩子们身心俱疲的一天。下午五点，您拍着他们的头说“再见”时，他们肯定会如释重负！叔叔，您有亲自拍过我的头吗？应该没有吧？印象中，拍过我头的好像都是些胖乎乎的理事。

请向孤儿院转达我最真挚的问候。四年后再回首往事，我的心已柔软了很多。刚进大学时，因为发现其他女孩都有正常快乐的童年，唯独我没有，所以我相当怨恨孤儿院。

现在，我却完全不会这么想了，反而将其视作一段不同寻常的冒险经历。这段经历给了我一种优势，让我可以冷静地旁观人生。长大后，相比那些从小衣食无忧的人，我就多了一个看待世界的角度。

我认识的很多女孩（比如朱莉娅）都不知道自己很幸福。因为早已习惯，所以她们对此都麻木了。但我非常肯定，自己时时刻刻都很快乐。而且，无论以后遇到多么不愉快的事，我都会一直保持这种心态，将其视为有趣的人生经历（即便牙疼，也不例外），很高兴能品尝个中滋味。“无论头顶上是怎样的天空，我都勇于面对任何命运。”

但是，叔叔，您也不要从字面上理解我对约翰·格里尔之家的感情。我要是像卢梭一样有五个孩子，肯定不会为了让他们得到朴素的教育就把他们扔在孤儿院门口。

请向李皮特夫人表达我最真挚的问候（我想，还是这么说比较诚实，“爱”这个字语气稍微强了点儿）。另外，别忘了告诉她，我的性格已经变得很好啦。

深爱您的

朱迪

3月5日

第七十七封

亲爱的叔叔：

您瞧见邮戳了吗？萨莉和我趁复活节假期，到洛克威洛农场来啦。大家都很欢迎我俩。我们决定，最好找个安静的地方度过这十天。如果再去弗格森大楼吃一顿饭，我们的神经就要崩溃了。疲惫不堪时跟四百个女孩同屋吃饭，简直是种折磨。周围吵得甚至听不见对面的女孩在说什么，除非她们把手拢作扩音器，大声喊话。我说的千真万确。

我俩一起爬山、读书、写作，度过了一段美好安宁的时光。今天清晨，我们爬上斯盖山，去了杰维少爷曾跟我一起做饭的地方。真没想到，那已是将近两年前的事。我发现，被我们生火熏黑的那块岩石居然还在。某些地方就是能跟某些人联系在一起，每次故地重游，总能让人想起他们，真是奇妙。杰维少爷不在，感觉真孤独呀。不过，我也就孤独了两分钟。

叔叔，您猜我最近在做什么？您一定会觉得我无可救药了——我又在写书！三周前动笔，进度非常快。我掌握了一个诀窍。杰维少爷和那位出版商先生说得对，写自己熟悉的东西才最有说服力。所以，这次写的是我再熟悉不过的东西。您猜故事发生在哪儿？约翰·格里尔之家！叔叔，我如今已经抛弃浪漫主义，采用现实主义写法，虽然写的都是日常小事，但我这次自我感觉很不错哦！等将来真的开始冒险后，我再重新采用浪漫主义写法。

这本新书要写完了，而且肯定能出版！您就等着瞧吧。只要足够渴望一个目标，并为此持之以恒地努力，最后就一定能成功！我已经努力了四年，想方设法地让您给我回信。瞧，我到现在都还没有放弃希望呢！

再见，亲爱的叔叔（我喜欢叫您“亲爱的叔叔[1]”，叫起来正好押头韵）。

深爱您的
朱迪
洛克威洛农场
4 月 14 日

又及：

我忘了告诉您农场的新闻了。但那些消息实在很让人丧气，您要是不想心情变糟，就跳过这则附言吧。

可怜的老格罗弗死了。因为已经老得无法咀嚼东西，他们开枪把它打死了。

上周有九只小鸡被咬死，凶手可能是黄鼠狼，也可能

1. 原文为“Daddy dear”。

是臭鼬或老鼠。

有一头奶牛病了，我们只得把邦尼里格第四街口的那位兽医请过来。亚玛撒熬了一宿，喂它喝亚麻籽油和威士忌。但我们非常怀疑，那头可怜的病奶牛最终只喝到了亚麻籽油。

多愁善感的汤米（那只玳瑁猫）不见了。我们都担心它是不是掉进陷阱了。

这世上的麻烦可真多！

第七十八封

亲爱的长腿叔叔：

这封信会很短，因为一看到钢笔，我的肩膀就开始疼。白天写了一天随堂笔记，晚上又一直在写那本不朽的小说，我实在写得有些多了。

从下周算起，再过三周就是毕业典礼。您应该会来见见我吧？您要是不来，我会恨死您的！作为出席典礼的家人，朱莉娅邀请了杰维少爷，萨莉邀请了吉米·麦克布赖德，可我该邀请谁呢？只有您和李皮特夫人。我可不想请她。所以，请您一定要来。

对您充满爱意的书写痉挛症患者
朱迪
5 月 17 日

第七十九封

亲爱的长腿叔叔：

我毕业了！

毕业证跟我两条最好的裙子一起，放在梳妆台最下面的那层抽屉里。毕业典礼如往年一样顺利，只是在关键时候下了点儿小雨。谢谢您送的玫瑰花，它们非常漂亮。杰维少爷和吉米少爷也送了我玫瑰花。不过，我把他们送的留在了浴缸里，只捧着您送的参加班级游行。

现在，我到洛克威洛农场来了，打算在这儿度过夏天，也可能永远待在这儿吧。对于一个正在努力奋斗的作家来说，还有什么比食宿便宜、环境清幽的此地更宜居呢？我对自己的书简直入了迷，只要醒着，每时每刻都在想它，晚上做梦也全是它。现在，我只想要一个平和安静之处，以及大量的工作时间（期间可以不时来点儿有营养的餐点）。

八月，杰维少爷会来农场待一周左右。吉米·麦克布赖德也会抽空来访。他目前在一家债券商行上班，要到全国各地的银行兜售债券。他去拜访科纳斯镇的国家农民银行时，会顺便过来看看我。

您瞧，洛克威洛农场也不是完全没社交。真希望您哪天开车经过时，也能来看看我。不过，我知道这是不可能的。从您缺席我的毕业典礼那一刻起，我就已经把您从心里抹去，永远埋葬了。

乔若莎·艾伯特

文学学士

6 月 19 日

洛克威洛农场

世上还有一个人

大学毕业后的信

第八十封

亲爱的长腿叔叔：

工作真有趣，不是吗？您难道从来不工作吗？一个人从事的工作，如果正好是他最想做的事，那就更有趣了。今年夏天，我每天都奋笔疾书，对生活唯一的不满就是时间不够用，无法把脑中所有美好、珍贵和有趣的东西都写出来。

我的书已经完成第二稿，明天早上七点半，我就开始第三次润色。这将是您读过最可爱的一本书，真的！我想不出有什么书能比这本更好看。每天早上，我都一副迫不及待的样子，等不及穿衣服、吃早饭，就想立马开始写作。我写呀，写呀，一直写到筋疲力尽，浑身乏力。然后，我就带着科林（新来的牧羊犬）去乡间散步，为第二天的写作寻找新鲜灵感。它将是您读过最美好的书。噢，对不起，类似的话我已经说过了。

叔叔，您不会觉得我太自大吧？我真的不是，只是目前正处于激情澎湃的状态。过段时间，或许我会冷静下来，对这本书挑三拣四、嗤之以鼻！不，我肯定不会！这次，我写的是一本真正的书。您就等着瞧吧。

我还是努力努力，跟您说会儿别的事吧。我是不是还没告诉您，亚玛撒和卡丽去年五月结婚了？虽然仍旧在这儿工作，但依我看，结婚反而让他俩变得更糟了。以前，亚玛撒如果踩到泥，或把烟灰掉到地板上，卡丽顶多笑话他一番。可现在——您真该听听她是如何破口大骂的！而且，卡丽再也不卷发了。亚玛撒以前都会任劳任怨地清理地毯和搬运木材，现在一叫他做这些事，他就抱怨连连。而且，他以前的领带都是绯红色和紫色，现在却不是黑色就是棕色。我决定永远不结婚。显然，婚姻只会让人变得越来越糟。

农场上没太多新闻。动物们都很健康。猪都长得特别肥，奶牛们似乎也很满足。而且，那些鸡也下了不少蛋。您对家禽感兴趣吗？如果感兴趣，我一定要推荐您养鸡。这可是件投入小、产值大的工作。一只鸡每年能产两百枚蛋。我打算明年弄台孵化器来，养那种适合烧烤的嫩鸡。您瞧，我打算长期待在洛克威洛农场了！等我像作家安东尼·特罗洛普的妈妈一样写完一百一十四本小说，我就完成了此生的工作，可以退休去旅游了。

上周日，吉米·麦克布赖德先生来访。午餐吃了炸鸡和冰激凌，他似乎都很喜欢。见到他，我真是高兴坏了。他的到来，让我猛然想起外面还有一个广阔的世界。可怜的吉米推销债券四处碰壁。尽管愿意付6%的利息（有时甚至还会付7%），国家农民银行还是压根儿不搭理他们。我想，他最终会返回家乡伍斯特，在他爸爸的工厂谋个职位吧。他太坦诚、太善良、太容易相信人，当不了成功的金融家。不过，在一家生意兴隆的工装裤制造厂当经理也不错，您说是吧？就在刚才，吉米还对工装裤不屑一顾，但他迟早会回去做这个的！

对于一个书写痉挛症患者来说，这可真是封长信，希望您能理解。不过，亲爱的叔叔，我依然爱您。我很开心，周围处处都是美景，每天都有丰盛的食物、舒适的四柱床、一大叠白纸和充足的墨水，我还需要奢求什么呢？

您永远的
朱迪

洛克威洛农场

7 月 24 日

又及：

邮递员又带来几个新消息。杰维少爷下周五来访，要在这儿住一个星期。真是件值得期待的高兴事。不过，因为杰维少爷向来严苛，我也担心自己这本可怜的书要遭殃。

第八十一封

亲爱的长腿叔叔：

我在想，您在哪儿呢？

我从来不知道您在世界的哪个角落。不过，现在天气如此糟糕，但愿您别在纽约。我希望您正在山顶（但不是瑞士，而是近点儿的什么地方）一边看雪，一边想我。请想想我吧，我太孤单了，希望能被人挂念。噢，叔叔，真希望能认识您！那样，不快乐时，我们就可以互相打气。

我不想在洛克威洛农场待下去了，正考虑搬出去。明年冬天，萨莉要去波士顿做社会福利方面的工作。我跟她同去，一起租套小公寓。您不觉得这是个好主意吗？她工作时，我就在家写作，晚上还能互相做伴。这里除了森普尔夫妇、亚玛撒和卡丽，都没其他人跟我聊天，所以夜晚总是很漫长。我已经料到您一定不喜欢这个关于小公寓的点子，我都能猜到您的秘书会在信里写什么：

致乔若莎·艾伯特小姐：

亲爱的女士，史密斯先生更希望您留在洛克威洛农场。

您真挚的

埃尔默·H.格里格斯

我讨厌您的秘书。一个人名叫埃尔默·H. 格里格斯，肯定很讨厌。但说真的，叔叔，我觉得我必须去波士顿。我不能待在这儿。要是不赶紧发生点儿什么，我可能真会绝望地把自己丢进地下室。

噢，天气真热！草全都晒蔫了，小溪也干了。街上尘土飞扬，已经接连好几个星期没下过雨。

从这封信里看，我好像害了狂犬病，但其实真的不是那样，我只是想得到一些家庭的温暖而已。

再见，最亲爱的叔叔。真希望能真的认识您。

朱迪

8 月 27 日

第八十二封

亲爱的叔叔：

发生了一些事，希望您能给点儿建议。这世界上，我只需要您的建议，其他人的我都不要。我可以去见见您吗？当面说比写信容易多了。而且，我也担心您的秘书会拆阅我的信。

朱迪

洛克威洛农场

9 月 19 日

又及：

我很不开心。

第八十三封

亲爱的长腿叔叔：

今天早上，我终于收到您亲手写的信啦，虽然，您的手抖得实在有些厉害！得知您生病的消息，我非常难过。早知如此，我就不拿自己的事来烦您了。是的，我有件烦心事要告诉您，这事还有些复杂，真不知道该怎么写。而且，这也是非常私人的事，请读完信后就把它烧掉吧。

开讲之前，请先收下随信附上的一千美元支票。我给您寄支票，看起来真滑稽，不是吗？您猜，这笔钱我是从哪儿弄来的？

叔叔，我的小说卖出去了！它会先被分成七部分连载，然后结集成书！您一定认为我欣喜若狂了吧，但我没有。我一点儿都不激动。当然，能把钱还给您我还是挺高兴的，我还欠您两千多美元呢，得分期付款。

请别生气，把钱收下吧，因为我很开心能还钱给您。不过，我欠您的太多太多，远不止金钱而已。剩下的部分，我会用一生的感激和关爱来偿还。

好啦，叔叔，我开始讲另外一件事了。无论我喜不喜欢，请给我一个最现实的建议。

您知道的，我对您向来都有种特殊的感情。从某种程度上来说，您就代表了我的整个家庭。不过，如果告诉您我对另外一位男士也有特殊感情，您不会介意吧？您可能已经猜到他是谁了。恐怕从很久以前开始，我就不停地在信里提到杰维少爷。

真希望我能让您了解他是个什么样的人，以及我俩相处得有多融洽。我们对每件事的看法都一样——恐怕，我有时候甚至会为了迎合他，改变自己的想法！但他几乎总是对的，而且也应该对。毕竟，他比我大十四岁呢！可在其他一些方面，他又只是个还没长大的男孩，需要别人照顾。比如，他总是不记得在雨天换上橡胶雨鞋。我俩常常为同样的东西发笑，这种情况真是太多了！两个人的幽默感要是截然相反，那该多可怕啊！我想，估计没有任何桥梁，能连通那样的鸿沟！

他是——噢，他就是他自己。我好想他，好想好想。全世界似乎都空了，令人心碎。我恨月色如此美丽，因为他无法与我共赏。但您或许也爱过某人，能明白这种感受，对吧？如果您爱过，我就不必解释什么了。如果没有，我也解释不清楚。

总之，这就是我的感受。而且，我拒绝了他的求婚。

我没告诉他原因——这真是又蠢又悲惨。当时，我完全想不出该说什么。现在，他已经走了，估计以为我想嫁给吉米·麦克布赖德吧。我一点儿也不想嫁给吉米，他还不够成熟。可杰维少爷和我不仅已经陷入误会的泥潭，还伤害了彼此的感情。我把他打发走的原因不是因为不在乎，而是因为太在乎。我怕他将来后悔，那样的话，我一定会受不了的！我这样一个无根无萍的孤儿，怎能嫁入那般显赫的家庭？我从没告诉他孤儿院的事，也痛恨要解释“不知道自己是谁”这件事。您知道的，他的家庭那般高傲，可我也是高傲的！

还有，我觉得自己对您也有义务。既然您要把我培养成作家，那我至少应该努力实现这个目标。受您资助完成了教育，却立刻一走了之，不学以致用，对您也实在不公平。但我现在有能力还钱了，也感觉自己的确清偿了部分债务。我想，即便结婚，我也能继续当作家。这两件事并不矛盾。

我一直都在苦苦思考之前那事。毫无疑问，他是一名社会主义者，思想自由，或许并不像某些男人那样，介意娶一个无产阶级。如果两人真的情投意合，会因为相聚而开怀，因为分离而孤单，那他们或许应该排除万难，走到一起。我当然愿意这么想，但也想听听您客观的建议。您应该也属于某个家族，所以能从现实的角度看待这个问题，而非仅从人性的角度，向我表达同情。

如果我现在去找他，跟他解释问题不在于吉米，而是约翰·格里尔之家，结果会不会很可怕？这需要很大勇气。相比而言，我倒宁愿在痛苦中过完余生。

这事已经过去快两个月了。自从他上次离开，我就再没收到过任何消息。我刚刚有点儿习惯心碎的感觉，朱莉娅的一封信又搅乱了我的心绪。她只是非常随意地提了一句，说“杰维斯叔叔”在加拿大打猎时，被暴风雪困了整整一宿，之后便得了肺炎。我压根儿不知道这事，还在为他的杳无音讯心碎神伤。我想，他现在一定也非常难受，我也是！

您觉得，我该怎么做才对呢？

朱迪

洛克威洛农场

10月3日

第八十四封

亲爱的长腿叔叔：

好的，我当然会去！下周三下午四点半！我已经去过三次纽约，当然认得路。再说，我也不是小孩子了！真不敢相信，我真的要去见您啦！因为想念了太长时间，我都觉得您似乎不是个有血有肉的真人了！

叔叔，您真好！身体如此虚弱，还想着我的事。连日秋雨，天气实在潮湿，您千万要小心，别着凉了。

朱迪

10 月 6 日

又及：

我刚刚想到一件很可怕的事。您有男管家吗？我很怕这种人。如果管家来开门，我肯定会吓晕在台阶上。我该跟他说什么？您都没说过您叫什么。我该说我是来找史密斯先生的吗？

第八十五封

我最最亲爱的杰维少爷、长腿叔叔彭德尔顿·史密斯先生：

你昨晚睡着了吗？我反正没有。一整晚都合不上眼。我真是太惊讶、太兴奋、太慌张、太开心啦！我想，我再也睡不着，也吃不下饭了吧。不过，我希望你能睡着。你必须睡着，因为只有这样，你才能好得更快，才能来找我。

亲爱的男士，一想到你病得多厉害，我就心如刀绞。而且，我还一直不知情。昨天，医生来送我上车时，说如果再过三天还没好转，他们就要放弃你了。噢，我最亲爱的，如果真的发生这种事，那我的世界从此将再无光明。我想，未来的某一天，我们当中肯定会有人先走一步，但那时候，我们至少已经有过幸福美好的日子，也有供另一人度过余生的回忆。

本想给你打气，结果我反而振作起来了。因为尽管现在比做梦还幸福，但我也变得更清醒了。从此以后，对某事的恐惧，或许会像乌云一样萦绕在我心头。以前，因为不担心会失去珍贵的东西，所以我总是冒冒失失、自由自在，什么都不在乎。但现在，我可能下半辈子都要提心吊胆了。只要你不在身边，我就会担心你会不会被车撞了，会不会被掉下来的广告牌砸到头，或者会不会吞下那些蠕动着的可怕细菌。我的内心再也平静不下来。不过，我反正也不怎么喜欢平淡宁静的生活。

请你快点儿好起来吧，快点儿，再快点儿！希望你待在我身边，让我一伸手就能碰到你，能确定你是真实存在的。刚才共度的那半小时真短暂！我都担心自己是不是在做梦。我如果是你家族的一员（比如一个隔了四代的远房表亲）就好了。那样，我便可以天天去看你，大声给你读书，替你把枕头拍松，抚平你额上那两条浅浅的皱纹，让你扬起嘴角，露出愉快的笑容。不过，你已经重新高兴起来了，不是吗？昨天我离开时，你就很开心。医生说，我肯定能成为一名好护士，你看起来都年轻了十岁。但我可不希望恋爱让每个人都年轻十岁。亲爱的，我如果变回十一岁，你还会喜欢吗？

昨天是我这辈子最美好的一天。即便活到九十九岁，我也不会忘掉哪怕最微小的细节。清晨离开洛克威洛农场的那个女孩，已经跟晚上回来时的大不相同。凌晨四点半，森普尔太太就来叫我了。在黑暗中猛然惊醒后，闪入脑中的第一个念头就是："我要去见长腿叔叔啦！"我借着烛光在厨房吃了早餐，然后迎着最瑰丽的十月晨光，驾车前往五英里外的车站。路上，太阳冉冉升起，枫叶和山茱萸在阳光下显出一片绯红与橙黄。白霜在石墙上和玉米地里星星点点地闪着光。空气冷冽清新，充满希望。我知道，接下来肯定会发生什么。坐在火车上，身下的铁轨都一直唱个不停："你就要见到长腿叔叔啦！"那声音让我觉得很安心，因为我相信，叔叔肯定有能力把这些事都解决好。而且，我知道，这世上还有一个人——一个和叔叔一样亲的男人——也想见我。不知怎的，我觉得在本次旅程结束前，我应该能见到他。结果……你瞧！

抵达位于麦迪逊大道的那栋房子时，我觉得那栋巨大的棕色建筑真可怕，吓得我简直不敢走进去。于是，我绕着街区走了一圈，才鼓起勇气。其实，我一点儿都不用害怕，你的管家是个慈祥友善的老头儿，立刻就让我感觉自在了起来。"是艾伯特小姐吗？"他问。我只需要回答"是的"，根本不用说要见史密斯先生。管家让我在客厅等候。那是个庄严大气、充满男子气息的房间。我坐在一张大软垫椅的边缘，不停地自言自语："我要见到长腿叔叔了！我要见到长腿叔叔了！"

很快，管家便回来了，并请我去楼上的书房。我激动坏了，真是差点儿站不起来。走到门口时，管家转过身，轻声对我说："小姐，他病得很严重，今天，医生才第一次允许他坐起来。您别待太久，以免让他过于激动，好吗？"从他说话的样子，我就知道他有多爱你。他真是位可爱的老先生呀！

然后，管家敲了敲门，说："艾伯特小姐到。"我走进房间，门在身后关上了。

从明亮的客厅走进昏暗的书房，我一时间几乎什么也看不清。然后，我看见壁炉前有张很大的安乐椅，亮闪闪的茶几旁有张小一些的椅子。接着，我意识到有个男人背靠枕头，坐在大椅子里，腿上还盖了条毯子。我还来不及阻止，他已经撑着椅背，颤颤巍巍地站起来，却只是一言不发地看着我。然后……然后……我就看到了你！但那时候，我还没反应过来，以为是叔叔把你叫来，好给我个惊喜。

你笑了，冲我伸出手，说："亲爱的小朱迪，你真猜不到，我就是长腿叔叔？"

霎时间，我全明白了。噢，我可真蠢！哪怕稍微动一点儿脑子，也能从上百件小事中看出端倪。我肯定没法儿成为一个好侦探，不是吗，叔叔？还是杰维？我该怎么称呼你？直接叫杰维好像不太尊重，我可不能对你有丝毫不敬！

我们度过了非常甜蜜的半小时，你的医生就来送我离开了。抵达车站时，我还是晕乎乎的，差点儿上了前往圣路易斯的火车。你也很迷糊呢，都忘了请我喝茶。不过，我们都非常、非常开心，不是吗？夜色中，我驾车返回洛克威洛农场。噢，天上的星星多亮呀！今天早晨，我牵着科林，又走了一遍我们以前去过的地方，边走边回想你说过的话和你当时的模样。今天的树林呈现出一片光亮的古铜色。空气里满是秋霜的味道，是个适合爬山的好日子。真希望你能来跟我一起爬山。我很想你，亲爱的杰维。不过，这种想念是甜蜜的，我们很快就能在一起了。如今，我们已经真真正正地属于彼此，绝非虚构。我终于属于某个人了，这话听起来会不会很奇怪？不过，感觉真是非常、非常甜蜜。

从此以后，我再也不会让你有片刻伤心。

你永远的

朱迪

又及：

这是我第一次写情书。我居然真的会写，很好笑吧？

图书在版编目（CIP）数据

长腿叔叔 / (美) 简・韦伯斯特 (Jean Webster) 著；
(日) 安野光雅绘；梅静译. -- 南京：江苏凤凰文艺出
版社，2022.3（2022.7 重印）
（安野光雅插图珍藏本）
ISBN 978-7-5594-6406-4

Ⅰ. ①长… Ⅱ. ①简… ②安… ③梅… Ⅲ. ①书信体
小说 – 美国 – 现代 Ⅳ. ① I712.45

中国版本图书馆 CIP 数据核字 (2021) 第 269499 号

ASHINAGA OJISAN text by Jean Webster, translated by Shuntaro Tanikawa, illustrated by Mitsumasa Anno

Original Japanese edition published by Asahi Press Inc.

This Simplified Chinese language edition is published by arrangement with Asahi Press Inc., Tokyo in care of Tuttle-Mori Agency, Inc., Tokyo

长腿叔叔（安野光雅插图珍藏本）

［美］简・韦伯斯特 著　［日］安野光雅 绘　梅静 译

策　　划　尚　飞
责任编辑　王　青
特约编辑　戴艺贝
装帧设计　墨白空间・Yichen
出版发行　江苏凤凰文艺出版社
　　　　　南京市中央路 165 号，邮编：210009
网　　址　http://www.jswenyi.com
印　　刷　天津图文方嘉印刷有限公司
开　　本　889 毫米 ×1194 毫米　1/32
印　　张　7.375
字　　数　130 千字
版　　次　2022 年 3 月第 1 版
印　　次　2022 年 7 月第 4 次印刷
书　　号　ISBN　978-7-5594-6406-4
定　　价　99.80 元

江苏凤凰文艺版图书凡印刷、装订错误，可向出版社调换，联系电话 025 – 83280257。